百年揭秘

金飞豹◎著

云南美术出版社

图书在版编目（CIP）数据

百年轨秘 / 金飞豹著. -- 昆明：云南美术出版社，
2024. 9. -- ISBN 978-7-5489-5577-1

Ⅰ. 1267.4

中国国家版本馆CIP数据核字第2024CZ3757号

责任编辑：台　文
装帧设计：石　斌
责任校对：孙雨亮

百年轨秘

金飞豹◎著

出　版	云南美术出版社
发　行	云南美术出版社
社　址	昆明市环城西路609号
邮　编	650034
开　本	889mm×1194mm　1/32
印　张	6
字　数	140千
版　次	2024年9月第1版
印　次	2024年9月第1次印刷
印　刷	三河市华东印刷有限公司
书　号	ISBN 978-7-5489-5577-1
定　价	88.00元

目录

百年
秘轨

开 篇

一百年前，象征近代工业革命的蒸汽机车，冲开了赢弱衰迈的大清帝国摇摇欲坠的西南后门。从此，在中国近代历史和地图上多了一个新名词——滇越铁路，也开始了这条百年铁路一个世纪的传奇历程。

滇越铁路是一条拥有多项全国之最称誉的铁路。它是我国迄今尚在运行的窄轨铁路中保存最完好、最早全线建在典型喀斯特地貌之上、里程最长、通车时间最早、穿越的水系最多（金沙江、珠江、红河）、沿线地区聚居的少数民族最多（12个少数民族）、经历的知名战事次数最多（河口起义、护国起义、抗日战争、解放战争、援越抗美）、在抗日战争期间几大通道中抢运人员与物资最多（其他依次是：长江航线、驼峰航线、史迪威公路）的一条国际铁路。

然而，滇越铁路的魔力不只如此，它像一件传世青花，只有接近它，细细品鉴，方能领略其无尽的况味。

2009年12月，我们一行5人，踏上了徒步滇越铁路沿线的行程。

对我来说，徒步滇越铁路沿线，犹如走进历史的字里行间……

是的，无论我们怎样对待历史，她始终与我们血肉相连。

踏上征程

铁道边白底红字的"禁止穿越铁路线路！"路牌成为了我们下一轮话题的引子，我们谈论规则，谈论合理性，以及通融的意义。

天遂人愿。出发这一天的天，格外的蓝。铁道边的风，虽然略带一丝凉意，不过我们心似乎都是微烫的。经过万千周折和不懈的努力，我们终于要踏上"2009滇越铁路百年纪念徒步考察活动"的征程了。当然，也有隐隐的不舍，我们要离开昆明将近一个月，好像对亲朋好友的思念已然萌动。可是百年滇越铁路所散发出的魅力实在令人无法抗拒，我们有责任也有必要去撩开它那被遮盖许久的面纱，让更多民众去了解这条世纪铁路，让她在新的时代实现华丽转身。

曾经有朋友好奇地问：出发仪式为什么不放在滇越铁路最初的终点站"老火车南站"举行，那样不是更有意义？其实如果老火车南站没被拆除，那么现在有可能已经成为世界上最大的蒸汽机车博物馆，对我们来说将是一笔无价的人文财富，我们这次的考察活动也将更加圆满。但非常遗憾，老火车南站早在30多年前就连同周边的铁路一起被拆除。

好在作为滇越铁路新终点站的火车北站还在，并且二楼的候车室已经改建成了云南省铁路博物馆。我们考察滇越铁路的第一步，将从这里迈出！

▲ 昆明火车北站

　　早上九点，本次活动的出发仪式在火车北站举行。云南省政协副主席、民进云南省委主委，原云南省委常委省人大常委会副主任、云南省东南亚南亚经贸合作发展联合会主席，越南驻昆总领事，云南省文联主席、党组书记，昆明铁路局宣传部部长，红河州州委常委、宣传部部长，云南超越燃气有限公司总经理分别发表了热情洋溢的讲话，表达了对我们此行的美好祝福和殷切希望；来自省内外多家媒体的记者朋友和众多关心我们的群众也都前来为我们这支五人（费宣、彭新民、金飞彪、金飞豹、冯云翔）考察队送行，令人备受鼓舞。

作为一条平均1000米就有一座桥涵，3000米就有一座隧道的铁路，滇越铁路以其卓绝的设计和浩大的工程，在修建伊始即被英国《泰晤士报》誉为与1859年修建的苏伊士运河和1903年开凿的巴拿马运河一样伟大的"世界三大工程奇迹"。当踏上第一块枕木的时候，前所未有的震撼力和冲击力令我心潮涌动，暗想，此次滇越铁路之行或许没有以往"7+2"、穿越格陵兰、穿越撒哈拉等探险活动的惊心动魄，但必将有众多鲜为人知的故事等待我们发掘，我们也将有不一样的收获。

从北站出来，铁道两侧的空地上几乎都已种上了树苗，形成了一定规模的绿化带。我们迈着快慢不一的步伐一路前行。仔细观察才发现，不仅间距长短不一，原来我们脚下的枕木，制作材料也不一样，有水泥的，有木头的，还有100年前半圆形的钢枕，这样的徒步条件是我们此前从未遇到过的，走起来也略

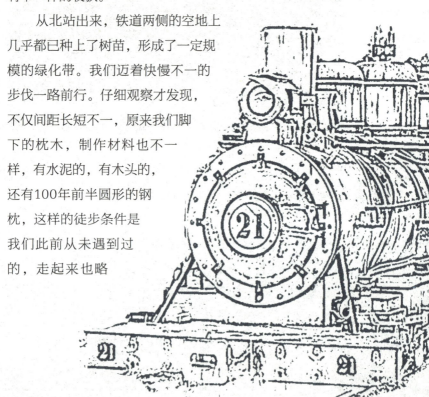

显吃力。

在小心翼翼的行进过程中，队员们相互间谈论着滇越铁路的历史和发生过的故事。一阵急促的汽笛声，打断了我们正在进行的话题。原来是一辆绿色的东方红字头的列车正向我们驶来，这是队伍出发后遇到的第一辆滇越铁路上行驶的列车。司机减速后关切地叮咛我们："一定要注意安全，铁路还有不少机车在行驶。"看来铁路局的领导已经给司机们说起过我们这次活动，因此司机们也在关注着我们。

算了算路程，我们离开北站已经四五千米了，环顾四周，想不到我们生活了半辈子的这个城市竟然变得那么的陌生，原来熟悉的道路和区域，已经变得面目全非，我们这些"老昆明"竟有"恍若隔世"的感觉，像"迷路"一般，需要询问路人，才知道自己眼下所处的方位。

大师云集的小屋

　　我想，那样的精英群落所怀有的浓重的对国对民的忧思与灵魂深处的阳光，应该是永远留在这方水土了。

　　到达呈贡站时，我和费宣老师谈论起了曾在这里居住过的冰心先生。抗日战争期间，为躲避空袭，冰心和丈夫吴文藻一家随西南联大南迁至呈贡，在当地人的墓庐居住。这

▲ 呈贡站

▲ 呈贡站的职工宿舍

座墓庐原为斗南村华氏民国时期守墓祭祀先辈使用的祠堂。以前的人为守父母、师长之丧，筑室墓旁，居其中以守墓。冰心改"墓"为"默"，一住默庐三年，并创作《默庐试笔》，赞美呈贡的风物。

当年，冰心先生的丈夫吴文藻先生在昆明城内教书，因为交通不便，只有周末才能乘滇越铁路上的火车回呈贡，然后再骑马回家。冰心先生则为呈贡区一中教授语文课程，据说冰心先生对学生很好，上课从来不发脾气，也不批评任何一个学生。而且先生讲课从不照本宣科，学生们也从中受益匪浅。

▲ 呈贡站

　　冰心先生在呈贡任教三载，把学校付给她工资拿出来买文具，资助有困难的孩子，并为学校创作了校歌："西山苍苍滇海长，绿原上面是家乡；师生济济聚一堂，切磋弦诵乐未央；谨信弘毅、校训莫忘；来日正多艰、任重道又远，努力奋发自强；为己造福，为人民争光。"

　　那个时候冰心先生虽然衣着朴素，却非常干净，家里简陋，却很整洁。不时还邀请师生来她的"默庐"做客吃饭，而这间房子，也成了当时文化名流周末集会的场所，留下了西南联大校长梅贻琦、"三剑客"罗常培、郑天翔、杨振声等教授和住在呈贡的陈达、戴世光、史国衡、沈如瑜、倪因心、孙福熙、费孝通、沈从文等学者的身影。

　　我想，那样的精英群落所怀有的浓重的对国对民的忧思与灵魂深处的暖意，应该是永远留在了这方水土。

　　呈贡站周边的法式老建筑已被拆除得所剩无几，幸运的是，我们发现了一栋。

　　这栋涂着标志性法国黄的房屋小巧别致，掩映在树丛中，不仔细看确实很难被找到。90㎡的房子被平均分成三个单间，每间住着一户人家，总共住了三户。他们都曾是铁路职工，现如今已经退休在家，颐养天年。我们经过的时候，有两位80多岁的老太太地在房前做着针线活儿，其中一位正姓老太太虽然已是白发苍苍，却思路清晰、手脚灵活，做起针线活来一点儿不吃劲儿。她们一个在绣花，另一个在纳鞋

▼ **呈贡站的老建筑**

▲ 呈贡站的老建筑

底，很是悠然。可谁又能想到，这样写意而闲适的生活是用近半个世纪在铁路上的辛苦工作换来的。这条百年铁路伴随着她们走过了人生的大段历程，从风华正茂到垂垂老矣，或许还将伴随她们直至生命的终点……

　　得到了主人家的允许，我们生平第一次走进了这种独

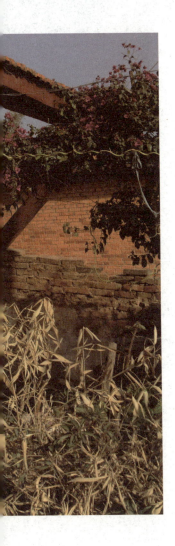

特的法式铁路员工宿舍。房间很小，也略有些破旧，不过却简洁干净。我们问老人家："这里住一辈子了，可想过搬去别的地方居住？"正姓老太太用手中的针划了划鬓角，认真地答道："这里都住习惯了，不愿意走了。"看得出来，老人们早已把这种我们眼中简陋的小屋当成了温暖幸福的家园。

队伍继续前行，有时会路过道班房，扳道员知道我们是徒步考察滇越铁路的队伍时，还兴致勃勃地告诉我们说，年轻的时候，曾经沿着这条铁路走到开远，整整走了20来天。当听说我们只用25天就要走完全程的时候，露出了不可思议的神情。我们交流的时候，另外一个旁听的人问我："你们的考察活动是公家出钱，还是自己出钱？"我告诉他们是自己掏腰包的。他疑惑地看着我们，耸耸肩膀，摇摇头说："自己出钱，还找罪受，为啥呢？"原本想同他说说我们这次活动是为"庆祝滇越铁路通车一百周年、加深中越之间的睦邻友好、联合越南方面为滇越铁路申遗……"可后来想想，算了，也只能不置可否地笑笑继续前行。

两元五角的车票

这一段借由铁路而书写的繁荣而坚硬的历史，还会带给我们什么？

太阳渐渐消失在地平线上，我们踏着最后一缕晚霞来到了王家营。到站台的时候，天已经黑了，路灯下，一位穿着铁路制服的女士看到我们走来，便主动迎上前问我们是不是滇越铁路考察队。当她确认了我们的身份后，非常高兴地说，他们杨书记交代了要好好招待和安顿考察队伍，并告诉我们，晚上书记值班，要和我们好好聊聊。

肚子早已聒噪的我们，狼吞虎咽地吃了晚饭。之后，杨书记领着我们去招待所。他告诉我们，对这次徒步滇越铁路的考察活动，昆明铁路局前几天就传达了让沿线各站点好好照顾队员的通知，他不好意思地说这里条件差，洗澡只能在公共澡堂里将就了。

一听到有澡堂，队员的眼睛都在放光，徒步的艰苦早在我们的预料之内，洗澡问题一直困扰我们，对我们来说能洗澡就是当下最奢侈的享受了。

　　有点儿发烫的水流遍全身的时候，一身的疲乏也随之烟消云散，幸福感如此丰沛。我想，有时候，幸福是借由艰辛的双翼降临的。

　　回到房间，看到杨书记还在等我们，我们便把三面本次活动的旗帜拿出来，请他像前几站负责人一样，在上面签上自己的名字并盖上站戳，我们计划将来把其中一面盖满滇越铁路所有站点章的旗帜捐赠给铁路博物馆作为纪念。

○ 两元五角的车票

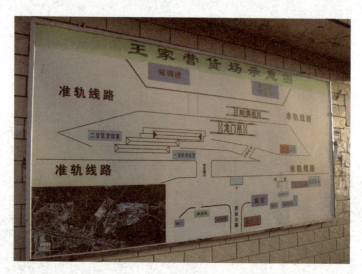

▲ 王家营站示意图

▲ 王家营站

看我们个个都还兴致勃勃，没有一丝睡意，杨书记便和我们闲聊起来。我们问道："不是说滇越铁路的客车停运了吗，今天还看到了啊？"杨书记吸了一口烟淡淡地说："哦，是这样的，2003年6月，铁路确实停开客运，不过2008年6月，按照铁路局和昆明市政府对滇越铁路未来的规划蓝图，复开了昆明石嘴到王家营站之间37千米的景观铁路，而票价仅需2元5角，这可能是我国乃至全世界上旅程最短、票价最便宜的列车了吧！话说回来，这种客运更多的是一种象征而已，每天行驶在这段米轨上的客车更多的是作为沿线铁路职工上下班的通勤车，固定乘客是搭车进城做生意的沿线农民，巨大的运营成本靠车票绝对收不回来。"

　　为了不影响我们第二天的行程，杨书记聊了一会儿便走了。而听了书记这番话，我们却陷入了沉思。滇越铁路的未来会是一个什么样的情境？这一段借由铁路而书写的繁荣而坚硬的历史，还会带给我们什么？

被误读的"火把村"

仿佛是不愿意让过多的交谈消耗宝贵的气力，我们更多的时候是默默行走。"路漫漫其修远兮，吾将上下而求索"——老友彭新民的朗声咏叹，让队员们差点儿笑破了肚皮。有限的欢笑反而使欢乐更具感染力。沿途稀疏的植被并没有多少美感，不过还是给我们单调的旅

▼ 水塘站

途带来了一抹轻松的绿意。转过一个小弯，一栋法国黄的建筑物让我们眼前一亮，原来已经到水塘车站了。

水塘车站海拔2030米，是滇越铁路上海拔最高的站点，周边的法式老建筑也保存完好。这里是一个典型的上装车站，一般只上货，不下货。有色金属、矿石、蔬菜、水果这些等待上装的货物早已分门别类地摆放在站台上。而装货的列车每次到这里都要拉好制动，还需要用铁靴（一种放在列车车轮处，防止溜车的金属装置，类似于掩石）把车轮掩住。不然列车就会往下溜。

水塘站的刘希明站长老早就在铁道边等待考察队伍的到来。见到我们，刘站长十分热情地招呼我们，并让厨房为我们准备午餐。看到车站空地上种有一些蔬菜，一打听才知道

是员工自己种的。刘站长夸口说，这种纯天然的蔬菜你们在城里绝对吃不到！很快，鲜美的味就证实了他的说法。

离开水塘站，一路下坡，我们的步伐也快了许多。在铁道旁，我们意外地发现了一块坡度路标，依照上面所标示的数据，我们得知：这里的坡度是25.5‰，也就是说在1000米的距离内，铁路的垂直高度变化了25.5米！如此大的坡度在平均坡度20‰的滇越铁路上也不多见。据说当年滇越铁路修到阳宗海岸边时，设计的路线直接就上到七甸乡这个地方，然而这里坡度很陡，即便铁路铺起来，火车也上不去。所以当时负责修筑的工程师乌雅唐就发电报回法国，反应情况。隔了一段时间法国负责探路的人员给出了答复：你们找一个叫作火把村的地方去试一试。这位探路人员就是大名鼎鼎的奥古斯特·弗朗索瓦（中文名：方苏雅）。

1898年11月，身为法国驻中国云南府领事的方苏雅带了几个勘测人员，由广西到云南考察滇越铁路路线，他从海防的红河逆流而上，经13天到蛮耗，之后改走陆路，骑马、坐轿，又用了13天到达昆明。最初，方苏雅并不赞同修建滇越铁路，认为成本回收周期太长。不过法国议会在1898年12月25日通过了修建滇越铁路的法令，给予印度支那总督府以修建和经营云南铁路的"特许权"。在议会的支持下，法国当局通过了修建滇越铁路的决议。

有意思的是，当初对修建滇越铁路嗤之以鼻的方苏雅却因为工作出色，于次年，也就是1899年被法国当局任命为驻云南府名誉总领事，兼法国驻云南铁路委员会代表，1900年3月27日被任命为法国驻云南省蒙自领事。就在这年，一身兼三职的方苏雅再次对滇越铁路的路线进行了为期3个月的勘查，并最终确定了滇越铁路修筑线路。

　　得到了方苏雅回复的修筑人员立刻在周围寻找一个叫"火把村"的地方，可就是找不到。最后从译名中揣测方苏雅所说的"火把村"可能是可保村。于是绕到可保村的后面，对这段线路进行勘察，发现这个坡度，火车正好可以攀爬上去，于是就确定了这段线路。从这个过程里，我们不难发现，这一片区域的坡度确实很大，间接证实着当年的修筑铁路之难度。这也让我回想起童年时候的一桩事情，小时候我跟随妈妈回老家，曾坐过滇越铁路上的火车。那时候一到这里，每每看到一前一后两个蒸汽机车头推动整列火车前进，都不明白其中原委，会在心里画问号。而此刻，儿时的这个疑惑终于得到了答案，心情豁然开朗。

用石狮子"震慑"火车

作为传统文化中"喜庆、驱魔、镇邪"的瑞兽，石狮子通常放在大门口，镇宅并提高门第。铁道边放置的石狮子干什么用呢？

队伍继续前行，这时，永丰营道口一座面朝铁路、龇牙咧嘴的石狮子吸引了队员的眼球。作为传统文化中"喜庆、驱魔、镇邪"的瑞兽，石狮子通常放在大门口，镇宅并彰显

▼ 三家村站

门第。铁道边放置的石狮子干什么用呢？问了当地的村民才知道，由于滇越铁路沿线地形复杂，新中国成立以前，行驶在这条铁路上的火车时常发生事故。1944年5月9日上午，一辆自昆明开往开远的客车，由于超速失控颠覆焚毁。旅客死伤200余人，副司机及司炉遇难。当时火车最后一节车厢载有17箱"中国银行"钞票，共3500万元，除4箱外均消失得无影无踪。昆明总站接到消息后，派车经西庄站至事发地，仅拉回越南乘客家属及西庄站长罗司爷等少数人，却置众多呼救乘客于不顾。更令人感到恐惧的是10多天后，滇越铁路上的另一辆火车又全列坠桥。而在火车经过乡村和城镇的时候，常常会有漫不经心的牛羊和行人被撞。附近的老百姓视滇越铁路和在其上行驶的火车为洪水猛兽，因而把这尊面目狰狞的石狮子搬到了铁路边，用它来驱邪镇鬼，同时也震慑那些轰轰作响的钢铁蒸汽"妖怪"。

如今，滇越铁路上的列车依旧在这条铁路上奔驰，而这尊傻头傻脑的石狮子仍然立在那里，"认真"地为周边的居民驱邪避凶。

从滇越铁路走出的"洋老咪"

欣赏着美丽的阳宗海风景，孙冉翁当年那种"五百里滇池尽收眼底"的情怀也不免油然而生，好像一路的劳累也减轻了不少。看美景不但可以养眼，更能解乏。一个念头从脑子里迸发出来：如果滇越铁路能开通旅游专列，乘坐米轨列车来阳宗海度假岂不是件温馨惬意的事儿。红河州旅游资源非常丰富，比如开远的"七泉八景"、蒙自南湖、西洱的温泉等等，如果能运行到红河州，那么一条滇南旅游线路不就构建出来了？倘若能够一直运行到越南，两国联手整合开发滇越铁路沿线旅游资源，一条跨国旅游黄金线路很有可能诞生……一幅幅美丽的画卷如电影片段出现在脑海里，在沉醉的感觉中，我们不知不觉来到了可保村。

村口，三个老人正在话家常，她们都是可保村火车站的铁路职工家属，年纪最大的已经86岁高龄了，一辈子都生活在这个村子里，如今他们的后辈也都在这条铁路上工作。

平常除了装货的工人，村子里很少有外人来，看到长枪短炮、全副武装，既像旅游者又像是记者的我们，她们都投来好奇的目光，询问我们是干什么的。"考察工作者。"我们的回答让老人觉得奇怪："这里有嘛好考察的啊？"

费宣老师从来都是急先锋，每到一站都顾不得先喘口气、喝口水，便马不停蹄地开始对当地的人文环境进行考察，而今天他的问题比较有趣："你们有没有见过外

▲ 可保村站

国人？"老人们挠挠头说："哦！洋老咪噶，小时候，这点儿有很多法国的洋老咪。洋老咪高鼻子蓝眼睛，不过都很有礼貌，对小娃娃特别好，我们还得过他们给的糖呢……"老人的话语似乎把我们带回到那个年代，我们也从老人嘴角的一抹笑容，觉察出老人们的思绪早已飘回到她们曾经的年轻岁月。

这时，我恍然大悟，昆明人把长得白、头发卷的小孩儿也叫做"洋老咪"，看来这种叫法很可能就来源于滇越铁路。当年云南人把来修建滇越铁路的外国人都叫做"洋老咪"。滇越铁路还有多少我们不知道的秘密呢？看来我们将不虚此行。

想不到考察队和老人家的聊天引来了众多的村民围观，他们都很关心这条铁路是否会被拆除。虽然我们也没底，不过还是笑笑说："不会的，我们来考察铁路，就是为了不让它被拆除，而且我们会积极把它申请成为世界遗产的！"

不难看出，他们对"世界遗产"到底是什么意思并不清楚，不过"铁路不会拆除"的说法还是让他们很高兴。毕竟，多年和铁路朝夕相处，让他们同这条铁路之间，产生了一种难以割舍的感情。

百年
轨秘

"乌金"的来源

　　这时哥哥飞彪提醒我："当年可保村的煤矿很出名，不知道和滇越铁路有没有关系。"这个说法让我疲惫的身心又恢复了常态，我们走访了当地的老乡，其中一位老人介绍道："可保煤矿在村子北边，主要开采中低层煤。除了变天的时候，这里常年刮西南风，也叫上风头，当时全部的煤都是人挑来的，火车一来，挑煤的工人就装车，一个人一天装4个车皮就可以换5斤米或者一个大洋。一般火车锅炉里烧完的煤会越裹越大，难得铲出来，但是我们可保煤矿的煤烧了以后用撬棍一捅就会散成煤灰，很轻松就可以从锅炉里铲出来，所以当年火车来这里加煤的比较多。我们小时候常拿个油漆桶做成的风炉，在家里整个火种，拿铁丝做成的火钳，上学路上沿铁路一路走，一路捡火车上掉落的燃烧不完全的煤渣，到学校后，风炉就变得非常热了，有时候如果不注意，连课桌脚都会烤煳；还有的时候，会把捡到的煤渣用水浇灭，再把灰清理干净，放着还可以再烧。传说当年个旧的大锡也是用我们这里的乌金煤冶炼的，有一次不知道什么原因，冶炼时没用这里的煤，锡商见到成品时，硬说这些大锡不是个旧生产的。所以我们这里的煤又有乌金煤的说法，煤炭的品质是相当不错呢。"这让我产生了一个疑惑，我们出发前收集的资料显示说，"乌金煤"的产地在距可保村20千米处的煤矿，而可保煤矿离可保村没有那么远，难道传说中的"乌金煤"另有所出？

　　带着这个疑问我们到了可保村站，像往常一样，队友拿出旗帜请站长给盖上站戳。而我则继续追寻"乌金煤"的出处，不过却是徒劳。这时费宣老师给我带来了一个不太好的消息：车站太小没有住宿的地方，周边也没有旅店，在站台上搭建帐篷的计划也不可行。就在我们"饥寒交迫"的时候，站长很不好意思地说："估计你们得到宜良住了。""宜良？对啊，我们可以找宜良的朋友帮忙啊！"我和费宣老师想到一块儿去了。

　　"求救电话"打出去，约莫三十多分钟后，我的好友顿云和费宣的老友——王有德先后驱车赶来接我们。

　　我是一个有疑问就睡不着觉的人，饭桌上"乌金煤"自然成了一个重要的"议题"。或许老天也有意要让我睡好，宜良的朋友们中有来自地矿部门的，他们对这个问题还是比较了解的。原来可保煤矿确实

出名，但并不是因为它的煤炭。清光绪年间，私人开发煤矿之风盛行。滇越铁路开通后，云南人庚晋候、刘若愚、陈肇祺等人曾集资法币10万元，买下万寿山等煤矿的开采权，开办美利煤庄，后又成立了云南第一家注册的矿办公司——云南煤矿公司。民国十七年（1928年）改组为"明良煤矿公司"。可保村虽然也产煤，但比起可保煤矿产的柴煤来说，明良煤矿的乌金煤品质好得多，滇越铁路的老蒸汽机烧的就是明良乌金煤，这种煤燃烧完全，不会结块堵塞火车炉膛。若是没有烧尽的煤，用水扑灭后还可以再用。但由于可保村设有火车站，煤商便将乌金煤运到可保村集中销售，"可保"的名气渐渐盖过"明良"，人们甚至以为驱动巨大蒸汽机的就是可保煤。"哦，原来还有这么一段故事啊！"身边的小冯一边惊讶地说，一边认真地把这个内容补充到我们的资料库里。

　　为了不过多占用我们的休息时间，朋友们渐渐离开了酒店，并坚持明早把我们送回可保村站，虽然我们再三推辞，不过朋友的盛情还是让我们难以拒绝，那一刻，纯真的友情所带来的温暖，打破了稍有凉意的冬夜！

"乌金"的来源

独特的夹皮沟

冬日里的阳光暖暖地照在每位队员背上，两天走下来，身边的很多朋友还有众多网友们纷纷要求加入我们的徒步队伍，但由于考察队的人员名单早已上报给了昆明铁路局、越南驻昆领事馆；因而对于朋友们加入的要求，我们不得已都婉言回绝了。很多朋友在遗憾的同时，都表示会在恰当的时候陪我们走一段，体验一下这种非游山玩水的、带有人文考察目的的旅行方式，近距离地感受百年滇越铁路所蕴含的魔力。

昆明人开玩笑喜欢说某某来自夹皮沟，其实滇越铁路上确有夹皮沟这个地方。今天出发没多久，我们便进入了这个叫夹皮沟的山谷。滇越铁路、南昆线和324国道戏剧性地在这里聚到一起。

夹皮沟属于南盘江上游支流流域，地方不大。俯视深谷下面，车辆穿梭行驶在324国道上。如今新的安石公路早已通车，缓解了这条老国道的压力，但是这条路上每天还是车水马龙，川流不息。走在夹皮沟里，周围树木丛生，不时可以听见火车的汽笛声、车辆的喇叭声，还有河谷里潺潺的流水声，让这里时而寂静，时而热闹，充满一种不好形容的独特的气氛。

世纪的回归

　　百年滇越铁路上行驶的是现代马力强劲的内燃机车，我们也在不停地从一个隧道走出，又进入另一个隧道，让人有一种仿佛穿越历史时空的感觉。当再次走出一个隧道时，猛然间，我有一种回到一百年前的感觉。这里的景象是那么的熟悉，唯一的不同就是记忆里的景象是一副黑白画面。陷入百年追忆、苦思不得其解的我被身后小冯的话语拉回到了现实："豹哥，您看这里是不是这张滇越铁路老照片的拍摄地啊？"我接过照片一看，便兴奋地大叫："终于找到一百年前老照片里的景物了！"我招呼费宣老师、老彭和哥哥过来看，"太难得了！"队员们都觉得能够找到一百年前老照片所拍摄的景物实属不易，纷纷拿起相机在同一地点对同一景物进行拍照，并拿来和这张老照片对比。可以看得出来，一百年间，这里除了植被茂盛了以外，几乎没有大的变化。

　　说起这些老照片的由来，则颇有些传奇色彩：一百年前，大量来自西方的技术人员、管理人员，加入滇越铁路的修筑工作当中。而这些老照片的拍摄者——乔治斯·奥古斯特·妈尔薄特（Georges Auguste Marbotte）便是其中一员。

　　1861年，乔治斯·奥古斯特·妈尔薄特生于法国里昂一个马具匠人世家。11岁时，他成了一名孤儿，由继父收养长大，并成为一名注册会计师。

　　在摄影师朋友伊特恩·卡加特（Etienne Carjat）和画家朋友查尔斯·塞雷斯（Charles De Serres）的鼓励和帮助下，乔治斯·奥古斯特·妈尔薄特逐渐成了一名业余摄影师，并利用闲暇时光，拍摄巴黎周边的田园景致。

　　1903年滇越铁路滇段开始修建。乔治斯·奥古斯特·妈尔薄特被任命为法国"云南铁路建设协会"的一个分包商Waligorski公司的会计师。他由于工作出色受到上司的赏识，并鼓励他追求自己的摄影事业。因此，乔治斯·奥古斯特·妈尔薄特在1903年—1908年期间拍摄了大量有关滇越铁路和反映云南自然景观、人文景观的照片。

　　1908年，云南爆发了一系列暴乱，出于自身安全的考虑和对家人的思念，乔治斯·奥古斯特·妈尔薄特回到了法国家中，并一直从事会计和摄影工作直至1936年去世。

　　听说乔治斯·奥古斯特·妈尔薄特先生的事情也是在机缘巧合之下，那时我正在准备这次考察活动的出行资料，很需要滇越铁路的老照片。多少次魂牵梦萦，多少次老照片飘然而至。每次我都伸手小心翼翼地把它们一张一张地接过来并收集好，视若珍宝。"这是人字桥的老照片、这是白寨桥的老照片"，家人对我这些梦话莫名其妙，而我也一次次"怀抱"这些老照片流下激动的眼泪。醒来之后，我知道，那仅仅是南柯一梦，并为之黯然神伤，我也不停地追问自己：有机会看到这些老照片吗？能让这些老照片在滇越铁路百年华诞之际回家吗？

国外的朋友知道这个情况之后，纷纷帮我在多国打听。终于，在我们出发之前联系到了乔治斯·奥古斯特·妈尔薄特先生的孙子——皮埃尔·妈尔薄特（Pierre Marbotte）。

起先，皮埃尔·妈尔薄特先生一度拒绝我。不过经过真诚的、长时间的沟通，他终于肯把祖父当年照片的电子文件给我们，并一再叮咛我们只能作为非商业用途。在此，我诚挚地感谢皮埃尔·妈尔薄特先生，并为这些老照片能在百年之后重返它的诞生地——云南而感到欣慰。我们也将在适当的时候举办滇越铁路的公益展览，希望能把这些弥足珍贵的老照片公之于众，让更多的云南人感受这些记录了特殊历史的照片所呈现的无以言说的魅力。

艰辛的工程

一百年过去了，那些令人发指的场面已成为过去。洞壁上那层厚厚的、被火车煤烟熏得漆黑的烟垢，以及由洞顶流下的冰凉的水滴，仿佛在述说无法释怀的历史。

夹皮沟真的不寻常，滇越铁路在这里蜿蜒曲折，穿山越岭，短短四五千米的山谷里，有大大小小17个隧道，是我们从昆明出发以来最为险峻的一段。在每个危险地段，昆明铁路局都设有巡守点，巡守点是巡道工人每天必须查看并且驻守的地方。非常有幸，在这里，我们遇上了宜良线路车间的马书记和一位刘姓技术员，他们两位是到这里的巡守点视察工作的。一阵寒暄后，马书记向我们详细介绍了这一段铁路的情况，临别时还不断嘱咐我们一路要注意安全。这些叮嘱可不是随便说说的场面话，行走在铁路沿线，列车通过时所产生的震动让地面抖动，让人紧张、害怕。巨大的轰鸣声似乎把我引领回一百年前滇越铁路刚开始修筑的那个年代……

从越南老街跨越中越铁路大桥进入云南省河口瑶族自治县，经碧色寨、开远、宜良、呈贡到昆明。1901年，滇越铁路越南段率先在越南动工，正线铺轨398千米，1903年完成。滇越铁路滇段在中国境内分两段：由河口到开远为下段，由开远到昆明为上段，正线铺轨464.567千米。于1903年动工（一种说法是1904年1月25日），1910年竣工。

早在1903年2月，《中法滇越铁路章程》签订前的8个月，法国印支铁路建筑公司就以招投标方式，将全线工程分包给意大利、希腊、比利时、德国等国的12个承包商，后来承包商增至54个。所以，当1903年10月29日中法两国正式签订《中法滇越铁路章程》时，滇越铁路滇段工程其实早已全线展开，沿线侵占民田、拆毁民房无数。印支铁路公司还从法国招聘技术人员和管理人员930人，各承包商又从德国、意大利等国引进工地主任1200余人参与滇越铁路建设。清政府则派会办一人和职员多人，专为法国方面办理招工和征购木石材料等事宜。

　　滇越铁路滇段的施工条件并不像越段那样好。从中越边境海拔仅为76米的河口至海拔2030米的水塘站，直线距离不到300千米，但高差竟达1954米！其中倮姑至白寨间44千米的区段，海拔高差达1242米；滇段全线跨越了金沙江、珠江、红河三大水系，跨越了亚热带干湿分明的高原季风气候、南亚热带半湿润气候、热带山地季风雨林湿润气候等三大气候带，不同的地质结构和立体气候环境条件，给施工带来了很大的难度。云南以山多著称，在整个修筑过程中，开山架桥如同家常便饭，工程共完成路基土石方1660万立方米，其中有400万立方米完全是岩石；全线设桥梁、涵洞和山洞3682道，累计50000米；长20m以上的桥107座。其中钢桥22座，共计997.15米，最长的钢桥长度达136米；石桥108座，共计3118米，最长的石桥长度达到70米；隧道172座，共计17864米；铁路曲线占53%，最小曲线半径80米，平均坡度20‰，最大坡度31.5‰，平均3000米一个隧道、1000米一座桥涵。据滇越铁路公司当时收集的国内标准轨距铁路每千米建筑费显示：京汉铁路为7.819万元／千米，津浦路为9.24万元／千米，而轨距仅为1米的滇越铁路每千米建筑费竟高达14.5万元，是平原地区铁路修筑费用的两倍；1.65亿（还有1.5亿、1.58亿、1.59亿、1.6亿等说法）法郎的总投资，也远远超出了1.01亿法郎的预算，施工难度之大，不言而喻。

　　滇越铁路开工以后，为保证劳工数量，印支铁路建筑公司一方面串通云贵总督丁振铎和洋务局，在云南各地摊派劳工（其中楚雄府竟然规定："十八岁以上者，概充铁路苦工一年，不愿意者缚手于背，以枪队押送，不从者则击杀之。"）；另一方面，法属印支总督则专门在越南招募越南劳工。在滇越铁路近十年的工程中，先后招工三十余万人，其中以云南人为最多，其余则招自天津、河南、山东、江西、四川、贵州、两广、福建等省市，还有两万多名越南人。每天上阵的劳工三五万不等，起早贪黑，冒着酷暑和闷湿，在险峻的山间、河谷修筑铁路。

　　修筑铁路期间，法方对劳工的劳作管理极为苛刻。在云南省档案馆的史料中，至今还保存着当时的出工记录：每个劳工每天要完成土方1.37至2.46立方米，石方0.34至0.62立方米，还有其他一些零碎的工作，劳工每天至少要工作10小时，非常艰辛。特别是开凿隧道的工作，以前开凿隧道不像现在，可以动用大型机械化设备，只能依靠人工开凿，手工作业，是靠一凿一锤打通的，路基下面有时候都是在陡坡上砌起柱墩来，再把整条铁路凌空架起来，因此工程量十分庞大。遇到坚硬的花岗岩，就必须放炮炸石，哑炮的情况比较普遍。一些时候，当劳工检查"哑炮"时，炸药突然又爆炸了，这样造成的死伤情况时有发生。而在石灰岩体上开凿隧道同样十分危险，因为石灰岩容易渗水，从而形成塌方。现在的隧道技术已经很先进了，是用混凝土同时配合使用衬砌

开凿的，但在那个年代是不可能使用这些先进技术的。

当年湖南候补道沈祖燕奉命到滇越铁路施工沿线查访，以耳闻目睹据实禀报清廷："洋包工督责甚严，每日须点名两次，偶有歇息，即扣资一日，稍不如意，鞭挞立至，偶有倦息，即以棰击之。种种苛虐，实不以人类相待……"

与艰辛的劳作相比，劳工的生活条件更为恶劣：为了防止劳工逃跑，法国公司的洋包工用铁链将十多个劳工的发辫拴在一起，劳工们则十多个人挤在三根木头一堆茅草搭成的小窝棚内，睡在一条草席上，而席下则是阴冷潮湿的泥土。

不仅如此，劳工们微薄的工资收入，还要受到法国公司的各种盘剥和包工头的层层克扣，不得温饱，甚至连自己的生命都得不到保障。仅从清政府驻蒙自铁路局会办贺宗章在《幻影谈》一书中记载的只言片语就可一窥全貌："每棚能行者十无一二。外人见而恶之，不问已死未死，火焚其棚，随覆之以土。或病坐路旁奄奄一息，外人过者，以足踢之深涧……"

由于工作环境、生活条件都十分恶劣，外国工头又不顾工人死活，仅开工头一年就至少有5000多人死亡，尤其来自北方的劳工，春天来时身裹长袍棉裤，而南溪河谷

地处北纬23度左右，加之密林河谷的潮湿炎热，已然三伏酷暑，"到工后死于烟瘴不知几何，加之克扣工资，无钱觅食，逃亡饿毙者，实不能以数计。"（摘自《法国铁路公司报告》），第二年因工死亡的劳工数陡增至25000多人。清光绪三十二年十二月（1907年1月），沈祖燕在给朝廷的奏折中写道："据沿路所查访，此次滇越铁路劳工所毙人数，其死于瘴、于疾、于饿毙、于虐待者，实不止六七万人计……"清政府也不得不承认这条铁路是国民用血肉筑成的。

因此，滇越铁路也有了"一颗铁钉一滴血，一根枕木一条命"之说。

如今，一百年过去了，那些令人发指的场面已成为过去，留下来诉说这段历史的只有洞壁上那层厚厚的、被火车煤烟熏得漆黑的烟垢，以及由洞顶流下的、不时发出"叮咚"声音的、冰凉的水滴，犹如一位全身黢黑的劳工，拿着锤凿，"叮咚""叮咚"地开凿着那绵延不绝的隧道……

○ 艰辛的工程

▲ 黑土凹站

▲ 牛街庄站的大门

▲ 牛街庄站的入口

▲ 牛街庄站的仓库

▲ 小喜村

给机车用的防空洞

从昆明出发，到了水晶坡站后，滇越铁路正式折向南行。下一站便是江头村站。考察队里，费宣老师60岁，老彭59岁，哥哥金飞彪48岁，而我46岁，最年轻的小冯今年26岁。走过铁路沿线的人都知道，沿途徒步并不是一件容易的事，而我们这支平均年龄48岁队伍每天都得行走30千米左右。年纪最大的费宣老师老当益壮，背得和年轻人一样多，步伐矫健，经常担任"排头兵"。不难看出，经历了徒步穿越格陵兰、徒步穿越撒哈拉的他，徒步滇越铁路不在话下；老彭有着多年的户外经验，早就练就了一副过硬的体魄；我

▲ 水晶坡站

们哥俩也有多年的探险经历；年轻的小冯一直是探险爱好者，牛高马大的他走起来也不吃力。因此队伍走得很快，不一会儿就到了江头村站，本以为可以看到更多的滇越铁路遗迹，不过很遗憾，映入我们眼帘的只有早已坍塌的车站和周边的一片废墟。还好皇天不负苦心人，费宣老师和老彭在铁道边的草丛里发现了一个涵洞。

这个涵洞不大，大小同火车隧道相仿，由方石垒筑而成，十分坚固，里面长了很多杂草，四下打听之后才知道，抗战时期，由于江头村山高路险，日本人的飞机很少来袭炸，因而这里是滇越铁路重要的机车车头检修点，小毛病都是在这里检修。而涵洞正是当时修理机车车头的地方，即便敌机来袭，也可以作为掩体防空，保证机车车头和维修人员不受损伤。新中国成立以后，随着机车检修点移至昆明小石坝，江头村的这些机车检修点也逐渐湮没于杂草丛中，成为花草的避风港。

1982年，昆河线站点调整，江头村车站连同周边的建筑也被废弃，成为滇越铁路的一段记忆，被历史永久封存了。

顺着滇越铁路飘来的烤鸭香

在我看来，"刘文一怒为烤鸭"，其实反映了刘文倾注于烤鸭工艺上的匠心。

美丽富饶的宜良坝子自古就有"滇中粮仓"的美誉，"纪良""弥良""迷良"的古称也让这里平添了几多传奇色彩，清新的空气夹杂着淡淡的花香，令我们心旷神怡。出

▲ 宜良站

乎意料的是，宜良县委的张副书记以及宜良县政协江主席早已在路口迎接我们，让我们非常感动。

两位领导把我们接到宜良县城吃午饭。席间，和滇越铁路有关的、著名的宜良鸭子很自然地成了闲聊的话题。看到我们对鸭子兴致颇高，张副书记向我们介绍了更多有关宜良鸭的情况："这几年，宜良的鸭产业发展得很快，每年的出栏数达到了1800万只，现在已经成为我们县的支柱产业之一了，还带动了相关的羽绒制品、鸭肉罐头、烤鸭餐饮等产业的发展，相关从业人员达到3万多人，形成了具有一定规模的产业链。"顿了顿，张副书记自信地表示："就以一只鸭子最低价10元来算，每年就可以为宜良县创造近2亿元的产值！"

这顿饭当然少不了远近闻名的宜良烤鸭。的确，无论色泽、香味，宜良烤鸭都几乎无可挑剔，鲜美的味道也难以形容，口感一流，真希望每个人都能够亲自到宜良来品尝一下这种美味。

"你们考察队后面要经过狗街，其实宜良烤鸭的首创者刘文就是狗街人，所以正宗的宜良烤鸭在狗街。"张副书记介绍道，宜良烤鸭与北京烤鸭相比并不逊色，当年狗街沈伍营村人许实赴京赶考，刘文则作为他的侍读一同进京，投宿于米市胡同的老便宜坊附近。刘文心眼灵活，思维敏捷，侍读之余，得许实实可后，便到老便宜坊悉心观摩，认真学习烤鸭技艺，这边许实落第，那边刘文技成。回到狗街后，经过几年的琢磨和准备，刘文终于拉开了宜良烤鸭近一个世纪传奇之旅的大幕。一开始，刘文把烤鸭挑到狗街火车站或白莲寺乡街集镇等地外卖，影响日益扩大。渐有积累后，便在火车站租用街铺开张食馆，许实则根据《论语》"文质彬彬"一句，给刘文的食馆取名"质彬园"。刘文勤于钻研，勇于创新，结合宜良县的条件，对北京传统工艺进行大胆改进。比如：北京烤鸭用高粱秆做撑筒，刘文则改用芦苇，使烤鸭带有芦苇淡淡的清香；北京用麦芽糖水做涂料上色，刘文则改用云南本土蜂蜜，不仅色泽更加鲜艳，而且更入味；在炉火方面，北京烤鸭用明火烤制，而刘文采用土坯火炉，用松毛结暗火烘烤。松毛结热度均匀，又无烟尘。此外，刘文还对毛鸭选择、汤料、成型、配料等作了合理的、适当的改进，使烤制的鸭子既保持了北京烤鸭的本色，又做出了狗街烤鸭的特点，短短时间内就声名鹊起，做成了一个响当当的品牌，并且得到了云南省国民政府主席龙云的赞誉，并以亲自题书的"京都烧鸭"匾额相赠。刘文对这块匾额极为珍视，一向收藏于西村家中。刘文这个人不仅烤鸭技术高超，而且保质重誉。相传，一次一个国民党的中校营长，带着太太及随从乘轿前往路南经过狗街，因性急嘴馋，数次催促刘文。而刘文一直回答说火候不到没有熟透，那人就说："等不得了，熟不透也要吃。"并自己动手用鸭钩揭开炉盖，想"先啖为快"。刘文见状，怒气冲天，两人就争吵起来。那边拔出手枪大要威风，这边操起菜刀毫不示弱。后经人们两边相劝，事情才平息下来。那边营长未吃到烧鸭悻悻然离去，这边刘文认为这一炉鸭子因闪火走气失了本味，竟一只都不肯卖出。此后，食客都觉得刘文这个人诚信地道，他的名气更加大了。当时昆明、宜良、开远等地的食客乘坐滇越铁路上的火车专程到狗街来吃刘文的烤鸭，成为狗街一道独特的风景。据吃过刘文烤鸭的老人说，刘文的鸭色呈枣红，皮脆内炕，吃时提着鸭腿一抖，肉与骨松离分开，一只鸭子只丢四大骨（翅膀与大腿骨）软骨、小骨都酥脆可食。半个世纪过去了，这些老人们每每回忆起刘文的烤鸭，仍然食欲大动，垂涎欲滴，赞不绝口。"刘文的烤鸭好吃，只是……"还没等张副书记说出下半句，桌上的人都异口同声地附和道："脸嘴难瞧。"一桌人都大笑起来。

在我看来，"刘文一怒为烤鸭"，其实反映了刘文倾注于烤鸭工艺上的匠心。

看着张副书记兴奋的表情，我们也打心底开心，老话说得没错，"靠山吃山"。其实一个地方没必要照搬其他地方的发展模式，只要对当地资源进行认真的发掘和合理的整合，利用自身资源优势规划发展，就能引领地方经济大踏步地发展，形成具有地方特色的发展模式，打造地方品牌形象，如义乌、如晋江。现如今，从昆明到石林这一片区域，都有宜良烤鸭的招牌，形成了一种独特的餐饮文化。真希望宜良的鸭产业能够走出云南，面向全国，继而打开国际市场，成为带动这个美丽县城百姓生活走向小康的"家乡宝"。

错过米西林

道旁的法式靠背椅整齐地排放在墙边，历经百年的风吹雨打，赭红的漆面已褪色，木质的椅背、椅面也有所损坏，但这些都不足以掩盖它们曾经所具有的异国情调，也提醒着我们：宜良站到了。

宜良站是我们出昆明以后经过的第一个大站，大片黄墙红瓦拱顶窗的法式建筑掩映在高大的百年香樟后面，显得那么的相得益彰。在这里也曾有很多故事发生，其中最让我们感兴趣的就是宋美龄曾经坐过的米西林机车和一百年间从未开启过的保险箱，这些等待我们解开的谜团迫使我们的脚步不由自主地放快了许多。

进入宜良站工务段，扶着曲折的法式木制楼梯，踏着吱吱作响的楼板，我们仿佛回到了一百年前。二楼的一间屋子里，法式的地砖依旧洋气，墙上绿色的壁炉和窗户配上洁白的墙体，让人觉得十分协调。

接待我们的蒋华昌站长看上去最多三十出头，身材不高的他，脸上架着一副眼镜，显得十分的文质彬彬。他热情地向我们介绍着宜良站的情况，他不仅对宜良站的事情如数家珍，对滇越铁路的历史也了若指掌。从沥青枕木的制作工艺，到那些当年修建铁路时一起种下的香樟树，近乎专业水准的解说，令我们不禁对他刮目相看。从他那里我们了解到：民国二十四年（1935），蒋介石曾倡议修建滇缅铁路，

▲ 宜良站

并准备到滇越铁路视察，后因临时有事未能成行，只有夫人宋美龄去了一趟开远，所乘坐的那辆米西林机车，原先就放在宜良站，现在则运到了云南铁路博物馆，为参观者讲述那段逝去的历史。而那个近百年未被打开的绿色保险箱并不像传闻中说的那样——装满了金银珠宝被永久封存，而是由于法方工作人员失误，把密码忘了，所以才一直没有开启过；原来一直存放在宜良站，就放在工务段楼道尽头，前些年被运走了，至于最后的归宿，八成也是云南省铁路博物馆。听

▲ 羊街子站

到这里，不免让人感到一丝遗憾，不过终于知道了它们的下落，也让我们稍感欣慰，等回昆明再去一睹这两件"宝贝"的芳容。

　　与蒋站长不到半天的交流，感触颇多。其实一直以来，每到一个车站，我们都会向车站职工询问站点情况和滇越铁路的故事，我们也希望能通过他们，让我们更加了解滇越铁路。

法式建筑和铁轨钢枕的感悟

在采访铁路老职工的时候，当问及那些法式老房子，他们不约而同地说："没有了，早就拆了。"当问及为什么拆的时候，他们说："都要盖新的啊，哪个喜欢旧房子啊？"还抱怨道："法国人盖得房子最难拆了，扎实得要命。"

滇越铁路依旧是那条一百年前修建的铁路，而在上面行驶的机车已由原来二氧化碳排放量较高的蒸汽机车变成了低碳排放的内燃机车了。

我们每到一个车站，最希望看到的就是当年由法国人盖的黄墙红瓦拱顶窗的法式建筑，可是一路走来却所剩无几，或是已经荒废，或是被拆除得只剩基础，只有滴水站附近墙体上那斑驳的万宝路广告，还能依稀证明那段早已逝去的历史。

在已经走过的那些个车站，标准的黄墙红瓦法式建筑群所呈现的美丽景致似乎只是个传说，而现代人似乎也都早已没有了欣赏老建筑的情趣。社会在进步，科技在发展，不过似乎我们的建筑设计师的审美水准却在退化。我认为，现在所修建的那些站点的房子，都不及那些老法式建筑有味道。

在采访铁路老职工的时候，当问及那些法式老房子的时候，他们不约而同地说："没有了，早就拆了。"当问及为什么拆的时候，他们说："都要盖新的啊，哪个喜欢旧房子啊？"还抱怨道："法国人盖得房子最难拆了，扎实得要

▲ 滴水站

命。"

    在对那些被拆除的法式建筑感到遗憾的同时，我们也有所发现：当时法国人盖的房子确实很好，房屋设计、色彩搭配、施工建盖，都非常合理科学，并且质量很高，以至于难以拆除。这让我想起先前发现的铁轨和钢枕，起初我们以为滇越铁路所有用的东西都是法国制造的，却发现在这一段有不少是1931年10月英国Villes公司制造的钢枕，估计是滇越铁路换的第二代钢枕，而且用到现在近八十年了，仍然可以继续使用。巡道工介绍："现在你们所走的这段铁轨被更换过了，是用标准轨淘汰下来的轨道替换的，轨面宽了。滇越铁路有几段还在使用一百年前法国人的铁轨。"

神秘的保险柜

　　穿过高古马村，一个熟悉的字——"拆"充满了我的视野。在昆明，随着城市发展，拆除城中村、构建新昆明的工程每天都在发生，我们也习以为常。不过在这样一个不起眼的小村子里出现这样的事儿确实令我没有想到。打听过才知道，原来距离铁路8米之内的违章建筑全得拆，其中就包括一些村民的庭院和一些诸如厕所之类的临时建筑。记录着往来的村民脸上无奈的表情，我觉得，保护这条铁路固然是好事，不过保护铁路的目的在于合理利用，让它更好地为周边群众造福。希望拆迁队伍能够给予

▲ 徐家渡站

周边村民多一些的关怀，在执法施工的同时，尽量不影响村民们的正常生活。

镜头转向徐家渡车站，或许是站点职工早已厌烦了法国黄，硬要把这层米黄色的法国外衣剥去，重新用水洗石作了外墙，这让我们有些意外。就像一个老外穿了件中山装一样，非但没了原先的气质，而且看起来横竖不合适。

进入行车房，一个镶在墙体内的老式保险柜吸引了我们的眼球，这是我们看到过的、最保险的一个保险柜，因为即使有人想要移动它，也不太容易，除非你把屋子拆了，把墙打通。更何况还有那坚固无比的柜锁。据说当年保险柜的钥匙丢了，车站上的职工用尽了各种办法，才打开了这个保险柜。至于是谁打开的，则成了"历史悬案"，估计也得用上九牛二虎之力，里面曾经装了什么东西，更加无从考究。原先在宜良与那个绿色保险箱失之交臂的经历，让我们对这个保险柜里的东西更加好奇。经过站长同意，今天我们可以"大开眼界"，有幸一窥一百年前的保险柜里"珍藏的重要历史资料"。但是当打开这个保险柜后，却令考察队员大跌眼镜。原来里面除了一些饮品、零食之外，别无他物。

▲ 徐家渡站

向铁路工作者致敬

自从客运停止后，滇越铁路滇段所有车站的业务量锐减，人员也缩编了。徐家渡站也不例外，原先几十人的车站，现在缩编至三五个人而已，看到扳道设施，我好奇地问扳道员如何操作。热心的扳道员耐心地示范给我们看，并允许我们尝试。队员们轮流上去试了试身手，大家都感觉比较吃力，而我更是使出了全身的力气，才把扳道设施的把手扳到顶，力气小一点儿的人根本无法胜任这项工作，可想而知扳道员是个比较辛苦的差事。我问扳道员这会不会影响他的工作？他说："没关系，现在列车少了，平时车站较为冷清，我们在这里几天都不一定有人来，你们来了，站上的同事们都很开心，给你们体验一下，也让更多的人了解铁路职工的工作环境和工作状态。现在扳道是双重监控，站上可以监控这里的情况，我也能随时了解到站上的情况，形成双保险，绝对不会出错的。如今好多地方都已由计算机控制，自动扳道，有的地方甚至连扳道员都不需要了。"在我们体验完扳道工作后，他便把道岔恢复原位。

看着扳道员的背影，让人不禁想到：滇越铁路的管理制度最早源于法国人带来的西方管理模式，而且还借鉴了著名的埃菲尔铁塔设计者埃菲尔创办的公司的管理经验。时过境迁，现如今在中国，铁路部门在民间被称为"铁老大"，是一个相当庞大的机构，有自己独立的财务、安全等机构。其

▲ 黑土凹站的四条并排的米轨

管理模式源于军队，属于半军事化管理，所有员工都有肩章，通过肩章很容易就识别出他的岗位。许多铁路职工一干就是几十年，直到退休，许多铁路子弟甚至子承父业。随着改革开放的深入，现在铁路用工制度也有所变化，一些巡守工作、铁路养护工作已经开始以合同工的方式，聘用当地农村剩余劳动力去做了。对于这些合同工而言，能干上铁路这份差事，也已经很不错了。

在外人看来，铁路工作现在是最稳定的职业之一，进入铁路部门，就等于进了保险箱，端上了铁饭碗。这确实不假，不过又有谁能看到这份工作背后的艰辛和不易呢？以一个巡道工人为例，因为在火车碾压的过程中，铁轨会由于重力作用跑偏，所以必须随时检查间距，保证其偏差在规定的范围内。巡道工人每天的工作就是巡道，并按规定的程序，检查松动的螺栓和铁路的间距，一般情况下得走两三个站的距离，路程至少二十千米以上。看起来简单，不过一年到头重复这样单调的动作并不是谁都能做到的。就像每天在铁路沿线走二十多千米，以前我也觉得易如反掌，可是走过滇越铁路才深有体会：真难！崎岖的路面把队员们脚上的皮肤磨开，道边的碎石又把我们的脚掌硌起水泡，而这些巡道工数十年如一日，才保证了列车能安全运行，工作量之大可想而知。这仅仅是普通的巡道工，而扳道员、列车司机呢？不用说他们的每一次动作都关乎着数千人以及上万吨货物的安全，每天处于高度紧张状态，单就长时间远离亲人"独享"孤独的那份心情，又有几个人能体会得到呢？

当我们问他们这份工作辛苦不辛苦时，他们只是简单地说："这是我们应该做的。"我们对他们的这份敬业精神感到由衷的佩服，向铁路职工致敬吧！

米轨铁路边出了个烟草大王

　　褚老出生时，这条铁路早已车水马龙，飞驰的火车每天都从他家门口经过，他的童年正是在这条铁路边度过的，也是这条铁路带他走出了山村，构建了亚洲第一烟草企业——红塔集团！

　　沿着滇越铁路，伴着南盘江行进，海拔变化之大，出乎了我们的预料。从滇越铁路最高海拔的2030米的水塘站开始，我们一路"直线下降"，并以每天100米的速度下降，在禄丰村我们测了一下海拔：1300米！

　　随着海拔降低，整个自然景观呈现出了一派亚热带河谷气候下的旖旎风光，芭蕉、甘蔗等亚热带、热带植物也渐渐多了起来。当年方苏雅第一次到云南来考察时，也正是沿着南盘江北上昆明探寻滇越铁路线路的。当时方苏雅具有多重身份，其中一个重要的使命，就是勘测将要修建的滇越铁路线路。方苏雅是一个称职的铁路线路勘探高手，因为建成后的滇越铁路，基本是按照当时他所给出的建议线路修建的。

　　从禄丰村出来沿滇越铁路没走一两千米，一个熟悉的山间小村寨令我思绪万千。奔腾不息的南盘江在这里形成了一个小回湾，整个村子背靠铁路、面向南盘江，正是这个虽然美丽却不怎么起眼的雨则村，养育了一位享誉中国烟草界、大名鼎鼎的企业家——褚时健。

褚老出生时，这条铁路早已车水马龙，飞驰的火车每天都从他家门口经过，他的童年正是在这条铁路边度过的，也是这条铁路带他走出了山村，构建了亚洲第一烟草企业——红塔集团。

一个偶然的机会，经朋友介绍，我认识了已经解甲归田的褚老。彼时，褚老已经75岁，因病回到家中休养。不过他却没把病情当回事儿，回家后就承包起了家乡的一片荒山，在那个被村民说成"鸟不拉屎"的地方，经营起甜橙果园。

2003年，"红塔山激情攀越哈巴雪山登山大会"的营地上，王石大哥和我聊到，他最佩服的就是褚时健经营企业时采用的管理模式。当年褚时健经营的是垄断行业，但他采用了非垄断企业的管理方法：重视产品质量，并且把质量从烟田抓起，给了农民种子、化肥，指导农民怎么种好烟叶。王石大哥感叹道：褚时健这种"把第一车间放到烟田里"的理念给了他很多启发，万科为什么那么重视产品质量，正在于此。同时毫不吝惜地给予褚老"中国最优秀的企业家"这

▲ 禄丰村

样的赞誉之词，并表达了"有机会探望一下褚老"的想法。

机缘凑巧，那年，王石大哥来云南，我得知褚老在家，便带上王石大哥去褚老家"蹭早饭"。早已对褚老有英雄相惜之感的王石大哥一听说有这样的安排，自然是按捺不住，天还没亮就催着我启程。八点左右，我们到褚家时，面前只摆了三碗家常面。询问后才知道褚老和老伴住在离家一百多千米的哀牢山上。于是，匆匆吃完这顿早饭的我们，再次驱车寻找褚老。一行人来到哀牢山，看到满山的果树以整齐的姿态、庞大的规模出现在眼前时，已经是正午时分了。山顶上的农庄朴素、安静，所有人都在午休，颇有"只在此山中，云深不知处"的感觉。褚老的妻子马老师招呼我们吃了一顿便饭，并告知我们：褚时健午觉过后就接待我们。

真正会面的时刻，倒是在那么一个淡然平和的午后时分。褚老穿着圆领汗衫出来，看上去就是一位老农民。简单介绍以后，宾主分别落座，喝着山茶，轻描淡写地聊将起来。说到房地产时，褚老谦虚直言："房地产我不懂，但无论做什么，质量都是最重要的。"在褚老的热情带动下，话题很快转向了甜橙的生产经营之道，培育优秀甜橙需要怎样的光照、温度、湿度，所有数据褚老都能脱口而出，当年的烟王已俨然成为一位农科专家。言谈间，已有人从果园摘来几只新鲜的橙子。褚老可惜地说，要晚来一个月就好了，那时橙子最好了，现在吃，略微还有些酸。

驱车回家的途中，王石大哥才与我一起慢慢体悟这次会面的微波细浪。王石大哥说，这次会面，对他的后半生意义深远，并说出了心里话："你想象一下，一个75岁的老人，戴一个大墨镜，穿着破圆领衫，兴致勃勃地跟我谈论橙子挂果是什么情景。2000亩橙园和当地的村寨结合起

来，带有扶贫的性质。虽然他境况不佳，但他作为企业家的胸怀呼之欲出。我当时就想，如果我遇到他那样的挫折、到了他那个年纪，我会想什么？我知道，我一定不会像他那样勇敢。"

离开昆明之前，王石大哥还托付我一件小事儿，就是订购十吨"褚橙"。岂知褚老的甜橙非常抢手，我只购到两吨。这两吨甜橙，被王石大哥分发给了所有万科员工，一起带给万科员工的还有橙子的来历和那位种橙子的"老农"的故事……

思绪又回到了眼前一座气势恢宏的跨江大桥。这座大桥是褚老在人生最低谷的时候用募集的资金建的。可以看得出褚老对家乡深厚的情结。

中国最具人情味的铁路

滇越铁路各个车站的设立都依托附近村镇和当地的交通来确定。一般小站的编制是10人左右。红瓦黄墙的车站依旧散发着法国式的浪漫风格，不过太过袖珍了，所以很多站点都没有家属。在站上，我无意间问一位铁路职工："有没有想过把家属带来？"他笑笑说："家属来了别说站上住不下，周围也没有住处啊！只有轮休的时候才能回家看看。"我又问："你们回家的交通工具是什么？"他回答道："只有列车了，而且只能搭乘货运列车！"是的，自从滇越铁路2003年6月停止客运以来，确实给沿途群众带来了很大影响，首先就是出行不方便了，其次农副产品的销售运输，也受到了限制。有的车站已经取消临时货运，让附近的农民不得不绕行数十里山路，再通过公路来运输货物。当他们知道我们是来考察滇越铁路时，都希望我们能帮忙呼吁一下，尽快恢复这条铁路的客运和货运。看着这些期盼的目光，我们在深思，滇越铁路的复兴，不仅仅是简单恢复客货运的问题，它将重新成为带动当地旅游发展、推动地方经济的大动脉。

从大沙田车站出来以后，我们看到刚从货运火车上下来的一家三口，女儿面色蜡黄，一副无精打采的样子，看得出来病得不轻，打听之后才从小女孩的父亲口中得知，他们刚从盘溪镇打针回来，因为这里不通公路，想要坐汽车去镇

▲ 大沙田站

上，就得走几个小时的山路，怕耽误了孩子的病情，就来站上碰碰运气，因为是特殊情况，站上的同志又都是乡里乡亲的，默许他们搭乘货运列车去看病。

的确，村子里的人坐火车出行都快一百年了，现在不能坐了，村里人要看个病、有个大事小情的，还是习惯来到站上转转。遇到特殊情况，默许他们搭乘货运列车是另一种人文关怀，交通不便却也是不争的事实。可以说，滇越铁路是中国最温情的一条铁路。它呈现给我们的不仅仅是可以看得到的法式浪漫，更重要的是体现了沿续至今的人文关怀和百年来沿线的人文色彩。

被"大侠"跟踪

日上三竿，我们的肚子空空如也。到了糯租站，丁站长提前为我们准备好了热腾腾的午饭，早已饥肠辘辘的我们，卷起袖子，抄起筷子，大快朵颐起来。之后有幸看到了响墩演习的全过程。"响墩"是当天气不好，指示灯无法辨识的情况下使用的一种通过响声提示列车前方有危险的装置。

不能耽误，我们立刻启程，在路上我们发现了一个蓬头垢面、衣着邋遢，脚穿解放鞋，手拿一个空矿泉水瓶的人一直跟在我们后面，不知道他到底想干什么！当我们询问他的时候，才从他的口音里判断出，他不是云南人。他说，由于眼睛不好使，特别是在隧道里看不清，所以跟在我们后面，借助我们头灯微弱的光线，穿过黑暗的隧道。这让我们紧绷的神经终于松弛下来了。到了车站才知道，像这样的人，站上的工作人员都管他们叫"大侠"，经常可以看到。他们什么都不带，就一个人漫无目的地沿铁路线到处流浪。前些年出现过许多"大侠"由于饥饿劳累或者精神方面的问题，毙命于铁路线上的事故，有些"大侠"甚至连身份都无法确认。这让我忽然想到最近网络上很红的一个帖子：《大侠是怎么死的？》

▲ 糯租站

西洱故事

据说西洱村有丰富的地热资源，以地下温泉著称，这里的温泉还分为热泉冷泉，被称为鸳鸯泉。这口温泉的开发商是云南鸿翔药业集团的董事长阮鸿献先生。目前阮先生在川、滇、黔、晋、桂、渝等省市拥有近2000家"一心堂"直营连锁药店。鸿翔一心堂是云南省最大的药品零售连锁企业，连续3年分别入选中国医药商业协会评选的中国医药零售连锁10强企业和中国优秀民营科技企业，成为国内外知名药品生产厂家在西南最大的经销商。阮鸿献本人就出生在滇

▼ 小河口

越铁路西洱站附近一个叫小河口的村子里。在一次聚会中说起滇越铁路时，他说，提起滇越铁路感慨万千，没有滇越铁路就没有他的今天。当年他十四五岁，一个人提着一袋几十公斤的草药踏上了米轨火车，来到昆明卖了200元钱，这成为他人生中的第一桶金。别小看这200元钱，20多年前这笔钱几乎是当时一个城里人一年的工资。有了这笔资金的阮鸿献从此便与药业结下了不解之缘，并通过滇越铁路开创了自己的事业。

云南人就是说不得，刚想到这，得知我们正走在赶往西洱站的阮鸿献先生，便让温泉公司的经理开着一辆微型面包车，赶了一段颠簸的山路，把我们接到温泉山庄去。洗去一身疲乏的我们，步伐轻快了许多，当我们赶到西洱车站时，夜幕早已降临，骆站长非常热情地把我们安排到了附近小河口村的一间小旅社里。

旅店店主叫蚂蚱，四十出头，他说他以前在铁路上干了十多年保安，前年才结束了保安的工作。在铁路上摸爬滚打十多年，他积攒了丰富的铁路工作经验，是个老道的铁路通。在听说我们徒步考察滇越铁路后，他教给我们一些避让列车的经验和技巧：在隧道里，大弯道的外侧一般比较窄，而内侧则比较宽一点儿，他提醒我们，如果在隧道里碰上往来的火车，尽量靠近内侧弯道来避让，而且身体蹲下会更安全，这样可以更好地保护自己。他也聊到当地的老百姓对滇越铁路的依赖性很大，也想通过我们来呼吁有关部门尽快恢复客车。对于我们来说，现在能给他的仅仅是安慰的话，毕竟恢复客车通行不是我们呼吁就能办得到的，这涉及到铁路运营、安全等诸多方面，毕竟停运并不是一个草率的决定。不过我们会尽力做好调研工作，为这条百年铁路的华丽转身，做出努力。

盘溪，我怀念的家乡

阴冷的天气，湿滑的枕木，冒着小雨，在艰难地行进了二十千米之后，我的心情依旧很好，因为马上就可以到达我魂牵梦绕的家乡——盘溪。

在铁路上行走的不仅有我们，还有当地放养家畜的村民。沿途的流浪狗很多，它们似乎对飞驰的列车早已司空见惯、习以为常，听到远处传来震耳欲聋的汽笛声，并不惊慌失措，只有当列车快到跟前时，它们才会懒洋洋地从铁道上起身，抖抖身上脏兮兮的毛，打个哈欠挪到别的地方继续睡觉。

在路边，我们遇上几个放羊的老倌儿，费宣老师便走上前去和他们攀谈起来。

放羊老倌儿：这里叫污水塘，以前有部队在这儿。

费宣：哦，以前铁路还通着的时候热闹得很啊！

放羊老倌儿：以前盘溪车站这里每天12趟列车，旅游车、客车开两道、三道（两趟三趟），为哪样现在一道车（一趟车）都开不起，你说？虽然我一年上昆明也不去多少趟，但是我还是处在这个角度，为大家说这句话。

一路上，我们和好多人都聊过这个问题，虽然老百姓并不了解滇越铁路客运停开的深层次原因，不过我们还是可以从这些简单的话语里，看到周边群众期盼滇越铁路客运恢复的迫切心情，毕竟列车曾经给他们带来了太多方便，已经融

▲ 盘溪站

入他们的生活，成为他们生活中不可分割的一个部分。

　　远远地，眼前出现了一抹翠绿，作为盘溪儿子的我自然知道那是百年香樟树了。激动的心情，让我的步伐不由自主地加快，香樟树也离我越来越近。围着香樟树，我转了几圈，抚摸着它们，一份特殊的亲切感在心底流淌。老辈说：世间万物皆有自己的季节。是啊！这里的香樟树也有自己的季节，虽时值隆冬，但她们依旧绿意盎然。

　　香樟树下，我想起了昆明俊发地产香樟俊园的一句广告语："比起香樟树，你迟到了五十年。"是啊，我似乎迟到了好多年，城市里许多新建楼房都缺乏人文气息，也缺少文化底蕴，因此只能寻找历史的依凭。百年香樟树记录了百年铁路的过往岁月，百年的香樟树也成为这段历史的诉说者。如今，当年的筑路者早已成为记忆，而受到南盘江的水滋养的这36棵百年香樟仍然茁壮成长，枝繁叶茂，形成了一道靓丽的人文风景线。

　　"美不美，山中水，亲不亲，故乡人"。这句话常常撩起我美好的回忆。每每想起故乡，一幅朦胧而又清晰的图画

时常浮现在我的眼前，一种格外亲切、格外温馨的感觉溢满心怀，催生我对故乡无尽的思念。山清水秀、柳绿花红、鸟语花香的山羊母是我的家乡。虽然没有大城市喧嚣热闹的气息，但恬静质朴的自然风光却令人心旷神怡。正是这平凡的土地，哺育了我们一家。虽然祖辈们常常嗟叹于无法摆脱贫困的纠结，但是，每个人的心里总是热恋着这山、这水、这人。虽然我没有出生在盘溪，但是小时候经常和母亲回到家乡，对家乡的记忆依旧深刻。

长大之后才知道，60多年前，母亲就是沿着这条铁路徒步到昆明找工作，她谋得了纺织厂的工作。可以说母亲正是因为这条铁路才从一个山里姑娘变成了一个城里的纺织女工。现在回想起来，若没有这条铁路，就没有母亲当年走出大山、迈向城市的第一步，更不会有现在在昆明努力奋斗、完成梦想的我。

母亲来昆明工作一段时间之后，家里条件好了许多。看到寨子里比较贫困的孩子，她老人家都会把他们接到我们家住，并努力地帮他们找工作。现在他们当中一大批人都在昆明安家落户了，逢年过节还都会来到家中，管她老人家叫"妈妈"，而我也会同这些"兄弟"们把酒言欢，聊聊那山、那水、那人……

在记忆里，童年时候跟随母亲回家乡，都要坐滇越铁路上的火车。那个时候坐的是老式蒸汽机车，靠烧煤来产生动力。机车头里有正副两名司机和司炉工。最为辛苦的自然是工作室里的司炉工，需要不停地向炉膛内送煤，工作一天下来，他们整个人都被煤烟熏黑了，就像是从炉膛里钻出来的。而每当火车过隧道时，乘客们就遭殃了，呛鼻的浓烟灌进车厢，令每个乘客不得不掩住自己的口鼻。从昆明到盘溪只有160千米，但那个时候，坐火车要经过十几个小时的颠簸才能到达。下车后还需要走一整天才能到达寨子。有时天晚了，就必须住宿在山腰的寨子里。每当我走不动的时候，母亲都会用坚实而又温暖的脊背背着我爬山坡。长大以后，我时常驾车陪她老人家回家乡。年年岁岁花相似，岁岁年年人不同，现在寨子里通车了，我们可以一直把车开到寨子里，而家乡，依旧是那样的美。

▲ 热水塘站

▲ 拉里黑站

巡检司重聚

当我们到达巡检司的时候，巡检司火电厂的朋友们早早等在路口。这让我不禁想起1996年的时候，我们组织了"摩托西盟行慈善献爱心"活动。那次活动在社会上反响强烈，当时28辆摩托车载着几十号人，轰轰烈烈地来到中国最贫穷的地区之一——西盟县，为当地群众奉献爱心，同时捐资助学。我和妻子还资助了刚上三年级、家庭比较困难的小女孩叶伟，她认我们俩做干爹干妈；前年她到昆明，我们又帮她找到了一份酒店服务生的工作。

一晃十多年过去了，如今参加"摩托西盟行慈善献爱心"活动的西盟摩托车骑友们，依然保持着联系，关系也很不错。只要我一有探险活动，他们就会从各类媒体了解我的行踪；当我完成探险活动后，他们问候的电话绝对不会少。这次在巡检司老友重逢，虽然大家的面貌改变了不少，可是友情却没有随着时光褪色。

接风酒自然是免不了的，酒馔间聊起了那次活动，被我昵称为"西盟老乡"的沈志伟等人无不感慨道：当年的一份爱心，却让他们成为几千人的火电厂里家喻户晓的名人，确实让他们受宠若惊，如今每当想起那次活动，心底依旧暖暖的。而说起巡检司火电厂，费宣老师更是深有感触：1997年，费宣参与了由云南省投资控股集团公司与中国华电集团公司共同投资的一个项目。正是他排除

重重阻力，据理力争为我省保留下来35％的股份，这个在云南省的许多重大项目中都是不多见的，那份艰辛可想而知，而我也从费宣老师坚毅的眼神中，看到了些许泪光。杯盏交错，勾起的是美好的回忆，传递的是深厚的友情。

美丽的构想

滇越铁路已经成为沿线几代人的"乡愁"。

行走在巡检司站，当年的法式老建筑已经很难寻觅到了，好不容易在一片民房中发现了两栋"疑似"法式老房子，不过百年的风采已经褪却。当地人对这些法式老建筑习以为常，不以为然，很多都被拆毁了，有的则改为他用。不难想象，倘若再不加以保护，几年后，这里的法式老建筑必将荡然无存。

徒步已经一个礼拜了，病痛也开始侵袭队员，费宣老师的关节炎犯了，小冯拉肚子几乎爬不起来，不过，走完滇越铁路的信念让大家暂时忘却了伤痛，坚持走在这条百年铁路上。明媚的阳光，似乎也在给队员打气。"今天冬至，听说全国很多地方都有冬至不吃饺子会冻耳朵的说法，真的假的啊？"老彭突然冒了一句出来。"呵呵！在我家云南，不吃饺子也不会冻耳朵嘛，不过被你一说，现在还真想吃碗热腾腾的饺子！"哥哥飞彪打趣道。说笑间，队伍到了生态原始的灯笼山，这里植被保护得非常好，真是鸟语花香、山清水秀，据当地老人讲：在灯笼山这一带，有很多猕猴。当年客运列车还开着的时候，乘客在车厢里就能看到猴子们在山上、江边追打嬉戏。

我和费宣老师一边走一边感慨：这条线路要恢复客运几

▲ 巡检司站

乎是不可能的，因为庞大的运输成本摆在那儿。而现在新修的公路网络也分流了很多客运量，再者，坐汽车从巡检司到昆明只要3个小时，而乘列车要10个小时。在当今社会还会有多少人会放弃便捷的公路运输，而乘坐行动迟缓的小火车呢？

　　思绪把我带回到在阳宗海边开通旅游专列的构想当中。"亚洲东方快车"是从吉隆坡往北，一路经过保存完整的自然丛林、热带雨林、湖泊，至泰国的一条旅游快车，滇越铁路沿线雄奇险峻的美景还真不亚于"亚洲东方快车"沿线的景致。让我们憧憬一下吧！倘若滇越铁路申遗成功，中国人

○ 美丽的构想

不用跑去新加坡，在云南就可以享受到自己的文化遗产国际旅游专列将何其美哉！在滇越铁路的列车上，品尝着云南25个少数民族的食物，品着醇香的普洱，坐在车窗前，欣赏着沿途画卷般的风光，这样的旅程一定妙不可言！

　　正当我沉醉在对这条旅游线路的憧憬之际，电话铃声把我拽回到了现实。一位身在广州的沈姓网友打电话来，给我讲述了一段他们祖孙三代与滇越铁路的故事。他说他的老家在滇越铁路边的巡检司，房子就建在离铁路十几米远的地方。他的爷爷以前是滇越铁路上的"大厨"，到现在还会做些法式的餐点；他的父辈都是做生意的，每天都靠着滇越铁路来往的列车运输货物；而他这一辈，从小是在铁路上听着轰鸣的汽笛声、伴着飞驰的列车长大的。如今客运停了，巡检司也闭塞、萧条了许多。沈先生很庆幸自己能走出去，考上大学，在城市里获得了一份像样的工作，过着还算优裕的日子。同时他也很失落，因为客运停了，很多人都接触不到外面的世界和资讯，也直接导致乡亲们不敢再"走出去"。他说滇越铁路和巡检司是一些遥远的记忆和一些情感的归宿。作为生长在滇越铁路上的第三代人，离开滇越铁路十年之后，对于滇越铁路更多了一缕抹不去的"乡愁"。他热情地邀请我们去他家里吃饭，并说已经让他的爷爷为我们烤制了法式餐点，不过很可惜，我们已经离开了巡检司，这份盛情，我们也只能心领。

　　回看滇越铁路的伟大、荣耀、辉煌与客运停运的现状，正应了那句诗文"当华美的落叶落尽，生命的脉络才历历可见"，滇越铁路的故事还很多，越到深处，生命的脉络越是历历可见……

一名铁路巡道工一年要走多远？

　　我们在途中碰到了一名叫田正荣的巡道工，头戴草帽、皮肤黝黑的他，主要负责巡检司站到小龙潭站这一段铁路的维护，差不多有20多千米。今天他背着一个包，里面装着两面标准的铁路信号旗，一面红的、一面黄的。与他结伴同行的路上，不时地可以看到他弯下腰，用手中的工具敲敲打打，看得出是在检查铁道，看看螺栓、鱼尾板有没有松动，倘若有大问题就得靠他做好标记，找专人来维修。他的父亲是一名巡道工，在铁路上干了60年。他顶父亲的班成为巡道工，已经干了5年多。想更多地了解一下巡道工，我多问了几个问题：

　　我：你的工资多少钱？

　　田：每月差不多1500块。

　　我：那工资够用吗？

　　田：够用了。

　　我：喜不喜欢这份工作呢？

　　田：也谈不上喜欢，这是工作，每天都得好好走完，检查完一路的铁轨。而且每天走走路修理修理铁轨，就能拿工资，对我们这山里走出来的人来说已经是很好了。

　　说起来，这份职业确实是无味的工作，田正荣的父亲是这样子走过来的，他也继续这样的行走。我粗略算了算，田正荣的父亲一辈子行走的里程加起来足以绕地球10周，而

地质灾害警示牌

灾害名称：灯笼山火车站对面局部山体滑坡
灾害规模：中型
威胁对象：灯笼山火车站
预防措施：监测避让。汛期降雨，有滑坡前兆时应停止火
　　　　　车通行。一旦出现险情，及时撤离到安全地带。
撤离路线：沿铁路线两方撤离至安全地带
监测员：储飞旺　　　　　　联系电话：3160205
报险电话：7346059、7347268

开远市人民政府
二〇〇九年四月三十日

▲ 灯笼山站

田正荣到现在也走了2万多千米。虽然在外人看来,巡道工是那么的不起眼,铁路上的巡查也是那么的单调,但正是他们这样日复一日年复一年地坚守在自己的岗位上,才有了滇越铁路列车的安全运行;虽然在外人看来,这样的人生毫无精彩可言,但是他们所迈出的每一步却是那么的坚实。父亲把巡道旗传到田正荣的手里,同时也是把一份责任与荣誉传到他手里。几十年后,田正荣或许还会把这两面旗子传给他的子女,如果他的子女愿意,他们也将会踏着先辈的足迹,沿着这条铁路走下去……

"黑压压"的小龙潭

　　小龙潭以煤出名，1955年动工兴建的开远火电厂是"一五"期间全国156个重点建设项目之一。它的建成投产为个旧有色金属的冶炼和开发提供了充足的能源。以后又相继建设了巡检司火电厂和小龙潭火电厂，而这些电厂所使用的煤主要来源便是开远小龙潭煤矿。

▼ 小龙潭站

小龙潭煤矿煤层分布面积约11平方千米，煤层埋深30～40米，储量10.93亿吨，是我国第二大露天煤矿，也是我国长江以南最大的露天煤矿。据考察队资深的地质专家费宣介绍：煤炭是千百万年来植物的枝叶和根茎在地面上堆积而成的一层极厚的黑色的腐殖质，由于地壳的变动不断地埋入地下，长期与空气隔绝，并在高温高压下，经过一系列复杂的物理化学变化，形成黑色可燃化石。石炭纪地球植物繁盛，为煤的形成打下了强大的物质基础，后来的造山运动为煤的形成提供了外部条件。云南地区自燕山运动后整体上隆，聚煤作用发生在隆起背景下的山间盆地中，最著名的就是开远小龙潭。小龙潭为拗陷型盆地，含煤地层称小龙潭组，属第三纪中新世，主煤层位于中段，厚40～223米，盆地中心最厚，向盆缘分岔并减薄，盆地基底为三叠纪灰岩。

　　随着工业发展，小龙潭依旧是那个小龙潭，大老远就可以看到黑压压的煤矿以及变黑的南盘江水，周边的采石场、采沙场和众多大型的工矿企业似乎已压得南盘江不堪重负。

两座小龙潭大桥

在考察队通过南盘江时，一个疑问在我心里产生，脚下的小龙潭大桥还是原来那座吗？据史料记载，1940年1月3日，日军飞机轰炸小龙潭，小龙潭大桥被炸毁，51米长的钢梁被炸断坠落江中。1月5日，铁路工人立即投入抢修工作，附近农民闻讯后，也自带干粮和工具，加入抢修队伍中。经过10多个日夜的奋战，全面修复了小龙潭大桥。抗日物资再次通过小龙潭大桥，源源不断地运往抗战前线。对比过资料图片后我确信，这座桥绝不可能是原来那座。那么当年那座饱经战火洗礼的小龙潭大桥呢？

在抬头远眺间，薄雾里，另一座钢桥映入眼帘，身影是那么的熟悉。兴奋的我指着那座桥嚷嚷起来："我找到啦。"老彭和哥哥顺着我的手指仔细看了看，都点头说："不会错，一定是了。"当我们四下寻找费宣老师时才发现，这位急先锋早就在那座桥上向我挥手致意了。

踏上老的小龙潭大桥，一股醇厚的历史气息扑面而来。网格状的桥身护栏给人以厚重的沧桑感，桥面的铁轨虽然已被拆除，不过依旧可以感觉到当年火车通过时所发出的微颤。如今的老铁路桥成了附近村民过河的主要通道，而站在老桥上望新桥，滇越铁路百年的历史似乎在这一瞬间，凝固在了两桥之间。

滇越铁路上的收藏家

　　黄先生的家里装满了20年来他收藏的滇越铁路物件。木门、老电话、马灯、油灯、寸轨的枕木、废弃的铁轨等应有尽有，这些物件分门别类、整齐地摆放在桌案上，略显拥挤的房间俨然成了一个小型滇越铁路博物馆。滇越铁路的过往，已然与他的生活成为一体。

百年轨秘

　　一路行来，我们知道，一般的车站都12位职工。但是打兔寨站不同，这里只有5位。段站长自豪地告诉我们，他们打兔寨站用的是6502电控行车设备，这个设备应该算是20世纪90年代中国铁路自动化控制的一个新型产品，它解决了铁路自动控制的问题，操控人员通过计算机控制扳道，在控制室里就可以操作车站两边的道岔，因此节省了人力资源、提高了工作效率、降低了事故隐患。我们也关切地问，为什么滇越铁路不全线换成这种设备。站长说，这种设备可贵了，工程量也很大，原来的钢枕、木枕都要换成水泥枕。如果要重新铺设线路，投资太大了，公司没有那么多资金，只能局部更换。我们看到的这个是20世纪90年代的一个最新产品，但在现在看来已经相对落后了，在国外已经实现了全自动的电子监控。

　　回到铁路上的我，再次陷入沉思。的确，滇越铁路的华丽转身所涉及的问题、项目众多，需要多领域专家的参与和

全方位筹划。开远著名书法家和滇越铁路文物收藏家黄庆先生，应该算这样一位专家。这天晚上，我们去拜访了黄先生。

来到黄先生家，屋子里装满了20年来他收藏的滇越铁路物件：木门、老电话、马灯、油灯、寸轨的枕木、废弃的铁轨等应有尽有，这些物件都分门别类整齐地摆放在桌案上，略显拥挤的房间俨然成了一个小型滇越铁路博物馆。

黄庆先生本人对滇越铁路的历史相当的熟悉，可谓是滇越铁路的活指南。当地出版的有关滇越铁路的书籍中都有他提供的一些资料。我们也邀请他在我们举办滇越铁路百年纪念展览时，把他珍藏的滇越铁路物件拿到会场上展示。出于对这些宝贝的珍爱，黄先生婉言谢绝了我们的提议，我们也不好坚持。不过他对为滇越铁路出书立传的提议很感兴趣，大家的话题很快回到了滇越铁路历史文化中，这次难得的相聚，我们畅聊到深夜。

开远摩登史

可以说，开远是一个火车拉来的城市。

开远站在滇越铁路滇段正中间，曾经是修建滇越铁路时最大的补给和医疗中心。考察队刚到这里，开远市市长和开远市委宣传部部长就为我们举行了一个欢迎仪式，众多媒体也都前来报道。其间，我们与李市长交流了很多关于滇越铁路开发的看法。李市长告诉我们，以前开远很小，可在历史的车轮下得到了快速发展，可以说是一个火车拉来的城市。滇越铁路通车后，极大地刺激了开远的经济发展。开远人也很自然地接受了许多新事物。比如婚俗方面，在滇越铁路开通之前，开远人的婚礼都依旧俗，新娘身着凤冠霞帔，新郎则骑着高头大马，在亲友的注视下，行拜堂成亲礼；但滇越铁路开通后，不少人也开始穿西式婚纱，举办西式婚礼。建房方面，老百姓汲取了洋式建筑在设计的科学、合理之处，改变自家房屋建筑结构和形式。穿戴方面，少数民族的鸡冠帽造价昂贵，开远人将其换成了外来的毛巾作为配饰。体育方面，法国人、越南人在开远开展足球比赛，把足球运动传到了开远。精神文化生活方面，沿滇越铁路而来的法国人在开远修建了俱乐部，每逢周末，他们便会开舞会，跳交谊舞……可以说，滇越铁路从生活的方方面面，改变着百年前的开远人。也正因为有了这条铁路，开远才会有今天的繁荣，这几乎也是每一个开远人的共识。

在滇越铁路逝去的生命

　　开远火车站附近的法式建筑群里，有几间是当年的医务所和病房。当时在这条铁路上患伤病的外国人都是送到这里来医治的。毕竟在那个年代，医学不够昌明，加之条件和资源的限制，最终不治身亡的也不在少数。这些人最后长眠的地方就是今天开远解放军化肥厂里一块2790平方米的墓地，被当地百姓称为"洋人坟"。

　　近几年，洋人坟名声在外，一些法国人都到这里来寻找他们祖辈的安息之处。但当我们进入这片神秘墓园时，其破败的景象，令人遗憾和惋惜。墓地在一个很不起眼、杂草丛生的角落里，被破坏得几乎找不到丁点儿痕迹。要不是当地

人带路，我们还真找不到。据解化厂的工作人员讲：小时候他们经常来这里玩耍，当时这里环境优美，树木林立，虽然有200多座洋人的坟墓，却也不让人害怕。因为缺乏相关保护，现在几乎所有坟墓都坍颓了。

在这里，我们找寻了许久，唯一发现的一块完整的墓碑长约1米、宽约0.4米，碑上镌刻的法文表明，躺在这里的是玛丽·路易斯·若奈姆夫人，日期为1929年2月。这位女士从何而来，因何而故，已无从查考，唯一可以确认的是，她将永远在这里长眠。

这让我联想到，同样是生命，当年的法国当局尚且能为客死异乡的国民留存一家坟茔，而大清政府却没有为因修筑滇越铁路而逝去的数万中国劳工立一座纪念碑。一百年过去了，如今这些亡魂不知飘荡至何方，不过我相信，每当滇越铁路列车鸣响汽笛的时刻，便是告慰他们英灵之际。让我们借洋人坟，凭吊和缅怀所有为滇越铁路逝去的生命吧。

▲ 十里村站

▲ 玉林山站

▲ 大塔站

▲ 驻马哨站

走进"东方红"

沐浴着晨光，我们再次踏上征途，队员内心的冲动，昭示着旅途的不平凡，不出意外，下午我们就可以到达滇越铁路上曾经最繁荣的碧色寨站。

正午时分的大庄车站里多了几张陌生的面孔，因为我们的到来，食堂还特别多做了几个菜。紧靠大庄站的大庄乡是个回族乡，站上12名职工中的4名是回族同胞。昆河铁路公司充分考虑到了这一点，所以大庄车站食堂就直接设置成回族食堂，这也是滇越铁路上唯一的一个回族食堂。我们也因此饱餐了一顿美味可口的回族风味午餐。

下午出发前，大庄站站长告诉我，铁路局同意我们采访机车司机的要求，并允许我们到机车驾驶室随行一段。这令我们几个只坐过列车，没进过机车驾驶室的"土包子"喜出望外。不久，一列绿色的列车停靠下来，车头醒目的"东方红"字样，让我们这些60年代出生的人仿佛瞬间回到了那个年代。踏上机车那一刻，在震撼的感觉中，我的潜意识告诉我：我们终于有幸走进了"东方红"！

狭窄的驾驶操控室内，所有物品井然有序，各种仪表一字排开，有燃油温度表、润滑油温度表、机车行驶速度表、安全监控电子设备等等，这些仪表反映机车在行驶过程中的状态，有点儿类似汽车的仪表盘，只不过比汽车的更多、更精确、更复杂。驾驶室内噪音很大，大冬天里都感觉比较闷热，夏天的气温可想而知。驾驶座上正副两名火车司机端坐

▲ 大庄站

其上，上方则是一个专门用于为驾驶室降温的风扇。列车司机的各种证照诸如：上岗证、机车驾驶证、操作证等，也都按要求摆放在指定位置以供查验。其实不仅如此，我们发现列车司机连语言、动作都是标准规范的，就像在舰艇上的船员一样，他们的口令也都必须重复，比如：正副司机之间其中一人提示对方，另一个就必须重复对方提示，并执行相应的动作，操控的时候两位司机都全神贯注。每次行车，都有严格的时间规定，吃喝拉撒也因此受到限制，就像航天员一样。至于两餐问题，就只能到几个专供站点，由站上的同志负责为他们提供。

　　一路上列车司机给我们讲述了许多关于这趟列车的传奇故事：我们乘坐的机车叫东方红21型机车，是青岛四方机车车辆工厂于1976年设计、1977年试制投产的一种全国产化内燃机车。机车全长为12000毫米，总重60吨，功率640千瓦（柴油机装车功率：1100马力），燃油储备量2

吨，最高速度为50千米/时，是专为云南米轨设计制造的集客、货、调三种功能于一身的机车。1979年，这种型号的内燃机车一共生产了52台，替换了宜良机务段的全部蒸汽机车。在那个年代，对工业生产仍落后于西方发达国家的中国来说，从设计图上的每一根线条，到车上每一个零件均为中国制造的东方红机车的诞生，确实提振了中国人民的士气。如今这些机车已经使用了快三十年，随着滇越铁路迎来百岁生日，这些机车中一部分也已经到达了他们的服役年限的上限，即将"退役"，可以看出列车司机对这些"老兄弟们"也很舍不得。

短短8千米的路程，让我们对滇越铁路有了一种全新的、别样的感受：原先我们是行走在滇越铁路上，看滇越铁路周遭的一切；而这次则是站在机车驾驶操控室内，看周边险峻的崇山峻岭，以及一段段消失在我们身后的铁轨，真正体会到"船行的火车、蛇形的铁路、英雄的司机、不怕死的旅客。"

短短8千米的路程，也让我们感受到了列车司机所担负的艰巨责任和他们细致的工作态度。只有走进这个机车驾驶操控室，才能体会到列车司机其实是非常辛劳的一个技术工种，因为他手上掌控的是数千人的生命或者上万吨的货物，神经随时都处于高度紧张状态，这种辛劳是常人难以想象的。为了不打搅他们的工作，我们到了草坝站，便匆匆下车，留给我们的则是一段难以忘却的记忆。

最便宜的运费

　　草坝车站是煤炭转运站，装煤的列车每天都要把煤炭拉来这里，之后换装汽车运走。煤炭的运费是0.08元/吨·千米，便宜得超乎我们的想象。当我们打趣地问还有没有什么东西比煤炭运价更便宜时，工作人员给出了一个让我们瞠目结舌的回答："有，化肥。"因为化肥的运费只要0.025元/吨·千米！这是国家补贴农业的一项硬性规定，也是一项惠农政策。一个32吨的车皮每千米运费仅仅8角钱！就算从昆明拉到河口，其运费也仅仅几百块！米轨运力有限，所挂车皮不多。这笔钱算下来还不够机车燃料的费用。而这仅仅是运营成本的一部分，还有其他一些养护费用等等，每年昆河公司的收入不足两个亿，可是支出却早已超过三亿多，每年都入不敷出。这时，我们也终于清楚了滇越铁路的经营状态，货运尚且如此，客运就不必多说，这也许就是客运停运的真正原因吧。的确，像昆河铁路这样还担负国家运输任务的企业，不能像纯粹的民营公司一样，以追求利润为目的。它响应国家的惠农政策，也体现了企业的社会责任。这也是铁路在中国的一个运营特色，还保留有很多计划经济的特征。

　　我们也不能单纯以营业额来衡量昆河铁路公司和滇越铁路的前景。只是沿线因为客运停运而抱怨的群众却并不知道这些。

永恒的特等站

碧色寨因滇越铁路通车而兴盛，也因滇越铁路拆除而衰落。如今时过境迁，当年繁荣的景象早已不再，留下的只有黄墙红瓦拱顶窗、保存相对完整的法式建筑群。除了这些，碧色寨周边一些人早上喝牛奶、傍晚喝咖啡的习惯也留下了。

虽说已进入数九寒天，不过云南的骄阳依旧火辣辣地烤在我们几个人的身上。过了犁耙山，一组红瓦黄墙的法式建筑随即进入了我们的视野，滇越铁路上曾经最繁华的特等站——碧色寨到了。

早已等候在那里的红河州委、州政府相关负责人和各路媒体记者把我们围了个水泄不通。红河州委州政府对我们的活动相当重视，沿途几个重要站点都有领导专程来接待我们，让我们倍加感动。这几年红河州整体发展势头强劲，人民生活水平有了大幅提高。为了让红河州的经济发展迈上一个更高的台阶，州委州政府在实现昆河公路（滇越铁路滇段）全线高速化、泛亚铁路全线电气化、红河机场建设等大项目上下了很多功夫，并且对滇越铁路未来的命运也给予了高度关注。随着泛亚铁路的建成，滇越铁路将结束它的历史使命。但红河州有着丰富的旅游资源，如开远的"七泉八景"、南洞、大庄清真寺、云窝寺、腊玛古猿化石发掘地、飞渔泽瀑布、米朵溶洞、文笔塔、狮子山、啊娜溶洞、龙宝洞、人字桥等；而滇越铁路在红河境内的里程数近300千米，约占滇越铁路全程的三分之一，可以说贯穿全州。如果能整合红河州旅游资源，以滇越铁路贯穿全线，开发出一条特种旅游观光线路，这将把红河州的旅游产业带上一条更高层次的发展轨道，也将让滇越铁路焕发新的生命力。

回头说说碧色寨，碧色寨原本是距离蒙自12千米的草坝乡的碧色寨村，早年被称为"壁虱寨"（"壁虱"是

方言，即虱子、臭虫的意思）。传说法国驻蒙自的官员发现这里依山傍水，觉得原来的名字不雅，便改名为"碧色寨"。这里原先只有几户人家，因为靠近蒙自海关和个旧锡矿，而且与个碧石铁路相交，是米轨铁路与寸轨铁路的换装站，碧色寨几乎就在一夜间变得兴盛、繁荣起来。滇越铁路通车后，几乎所有出口的个旧锡都是在此装车出境，个碧石铁路通车后，这里又成为繁忙的中转运输站，站台上、仓库里随时堆满了待运的大锡、大米、毛皮等物资。白天，整个车站人马喧嚣、车水马龙，火车的汽笛声、指挥员的哨子声、搬运工的号子声此起彼伏；即便到了夜晚，这里的繁忙景象依旧不减，在羸弱的月光和昏暗的灯光下，工人们仍在通宵达旦地工作。商店、餐馆也不闭市，为上夜班的工人提供服务。

相传当年蔡锷将军在京城名妓小凤仙的帮助下，逃离北京，经滇越铁路乘火车返昆途中，曾在碧色寨停靠，袁世凯派出的杀手，便在这里埋伏，意图行刺蔡锷。结果蔡锷将军的贴身副官被刺身亡。列车随即启动，驶离碧色寨。这段故事，又为碧色寨平添了几分传奇色彩。

鼎盛时期，每天有多达30趟次的火车经过碧色寨，货如轮转，一个乡村小站一跃而成特等站（当时作为省会的昆明仅为一等站）。国内外商贾纷纷蜂拥而至，先后有法、英、美、德、日、希腊、意大利等国的商人在碧色寨开办公司，这些公司里有储运公司、洋行、酒楼、舞厅、水火油公司、商场等等；而碧色寨的常住人口也猛增至1万多人！其繁荣程度大大超过了当时的蒙自县城，许多连蒙自都买不到的东西，在碧色寨都可以买到。

著名的哥胪士酒楼，曾是商人们闲暇时的去处。一幢中西合璧的二层小楼，黄墙、红瓦，精巧、别致。二楼上可俯视碧色寨全景。据说当年酒楼里灯红酒绿，西洋音乐从留声机里飘出，高鼻梁、蓝眼睛、白皮肤的洋吧女哼着轻快的小曲，穿梭其间。有时这里会举办舞会，也不要门票。昆明、个旧、蒙自等地的富商巨贾也常到酒楼来谈生意，并把在这里的见闻带回去，作为谈资。

著名的大通公司坐落在碧色寨口，现在则门可罗雀。当初这个公司占地面积达50多亩，还修有网球、羽毛球场，仓库占地达3000多平方米，露天货场上万平方米，个旧的大锡和一些桶装货物经常放在露天货场。直到1940年日军占领越南，为防范日寇入侵，国民政府下令拆除了河口到碧色寨的铁路，炸毁了河口的中越大桥，外贸因此中止，大通公司的人员才离开碧色寨。

碧色寨因滇越铁路通车而兴盛，也因滇越铁路拆除而衰落。如今时过境迁，当年繁荣的景象早已不再，留下的只有黄墙红瓦拱顶窗、保存相对完整的法式建筑群。在这些建筑中，有不少是当年滇越铁路高层管理人员的宿舍，每户的楼下都有饲养畜牧的专门屋舍，类似于彝族土掌房的结构。这里的老人回忆说：当年的法国管理者很追求生活品质，喜欢牛奶、面包加咖啡。碧色寨周边一些人早上喝牛奶、傍晚喝咖啡的习惯也是从当年开始的。

说完碧色寨的故事，就不能不提及蒙自。蒙自曾经是滇越铁路上最繁荣的城市之一。为抢占云南的矿产资源，在滇越铁路未曾勘探设计之前，法国人就已经将蒙自锁定为重要站点。云南第一个海关、第一个电报局都在蒙自，这里也留下了很多关于滇越铁路的记忆。

山不在高，有仙则名。水不在深，有龙则灵。蒙自不仅有得天独厚的气候资源，还有南湖。南湖的水滋养了众多风云人物，也给蒙自留下了许多传奇故事：1915年12月25日，蔡锷联络各派力量在昆明举起护国讨袁大旗。义旗一举，得到全国响应，轰轰烈烈的护国运动从此开始。当时朱德是滇军驻蒙自的一个团长，接到蔡锷的通知以后，决定参加护国起义，于是带兵步行到碧色寨，坐上火车到昆明参加了护国起义。

　　西南联大数十位著名教授和几百名同学也曾居住在这里，比如居住在哥胪士洋行，被称为"何妨一下楼主人"的闻一多；还有被誉为"教授之教授"的陈恪寅大师；以及在《蒙自杂记》中写"蒙自小得好，人少得好……不论城里城外，在路上走，有时候会看不见一个人"的朱自清先生……一位位享誉海内外的大师不断地从我脑海中闪过，他们的到来，也为蒙自尽添风流。

　　思绪再次回到碧色寨站，站上的同志正在忙着准备明天一早为我们举行的穿越仪式，历史如滇越铁路上行驶的火车一样不断前进，站台上法国制老式子母挂钟已不再走动，有意无意间将曾经那个姹紫嫣红、流光溢彩的时代凝固起来，高站长正擦拭着这面老钟，仿佛预示着滇越铁路将抹去历史的尘封，在新时代焕发出新气象、新光芒……

成为红河州民

　　五千年前的太阳和五千年后的太阳都照耀着地球，而人类的历史已翻过了无数的篇章。当年雄霸天下的帝国已化为云烟，昔日国色天香的罗裙已散入黄土……今天，真正触动我们情感与灵魂的并不是几件博物馆里的文物，而是这些历经百年而不衰的铁路和各式桥梁，它们告诉我们历史的变幻，告诉我们百年的风雨。

　　早晨，"滇越铁路百年徒步考察活动"蒙自碧色寨穿越仪式在碧色寨举行。红河州、蒙自县相关领导以及昆明铁路局昆河铁路公司有关领导参加了仪式。

　　红河州委、州政府一直以来都非常重视滇越铁路的保护和开发工作，多次组织实地调研和采访活动，引起省、州、县及社会各界的积极响应。2009年，"云南省滇越铁路研究会"在蒙自成立，推进了滇越铁路的保护工作。

　　仪式上，红河州委、州政府为我和费宣颁发了"红河州州民"荣誉金钥匙和荣誉证书，面对这份荣誉，我们感受到了红河州人的热情，同时也坚定了圆满完成这次考察活动的决心，真希望在政府的关怀下、全省人民的努力下，滇越铁路能够华丽转身，创造新的辉煌。

▲ 碧色寨站

寸轨记忆

1990年个碧石铁路停运，寸轨"小火车"从此告别了历史的舞台。自身运力不足最终导致了寸轨的消亡。但是凝聚其中的民族情怀永远令人动容。

在碧色寨，我们看到了残存的寸轨。

滇越铁路通车后，作为近代工业革命标志的蒸汽机车以前所未有的速度及强大的运输能力，给铁路周边的乡绅和村民带来了极大的冲击和震撼，彻底颠覆了他们对这条曾经惧怕和憎恨的铁路的看法。在此之后，法国当局还想修筑从碧色寨至个旧、建水，开远至弥勒，宜良至曲靖等7条滇越铁路支线。不过此时的个旧锡业大小矿主和当地乡绅已经意识到修筑铁路所带来的便利和由之产生的巨大经济价值，多次联名上书云南都督蔡锷，请求自修铁路。原先坚决反对修建滇越铁路的蒙自乡绅，此时的态度来了个一百八十度转变，坚决要求碧色寨至个旧的铁路一定要绕道蒙自城。个旧绅商自然不同意，因为铁路如果过境蒙自，则要兜31千米的一个大圈子，双方争执不下，以致后来的个碧石铁路工期延误一年。1915年，经省政府出面调解，由蒙自县绅商追加40万股金，约定铁路绕道蒙自，个碧石铁路才正式开工修建。后来，建水和石屏县的绅商又出资要求将铁路延展到建水、石屏，并为之成立了"云南民营个碧石铁路股份有限公司"。

故此这条铁路被称为"个碧石铁路"。

滇越铁路的轨距为1米，比标准轨窄了0.435米，被称为"米轨铁路"。而个碧石铁路轨距仅为0.6米，因而被称为"寸轨铁路"，至于为什么修建为"寸轨"，首先是考虑保障铁路主权独立。滇越铁路已经是前车之鉴，路权在法国人手里，对地方经济的影响已经让云南政府的官员和当地乡绅头痛不已，"不让滇越铁路的机车驶入我们的轨道、国家资源不能让外国人染指、要维护好路权"已成为他们的共识；其次，由于哀牢山系与乌蒙山系在滇南一带相交，海拔落差超过2000米，路面越宽，坡度越需平缓，工程越大；最后就是费用和时间问题，个碧石铁路的修筑资金最初由官商共同筹集，但工程进度达不到官方要求，在开工两年后，官股撤离，最后全部由民间集资修建。因而经费可谓捉襟见肘，修筑为寸轨则费用可比修米轨便宜40%。

1921年个碧石铁路部分路段通车后，人们很快便发现0.6米宽的寸轨根本不能满足运输的需要，速度慢、运输能力又小。因此，云南民营个碧石铁路股份有限公司接受了工程师萨福钧的建议：鸡街至建水、石屏段，虽线路仍按0.6米轨距铺设，但路基、桥梁、隧道等均按米轨标准设计，为将来接轨滇越铁路做准备。

1936年，修建了21年又5个月、全长177千米的个碧石铁路终于全线通车，总投资2070万银元。10月，个碧石铁路通车典礼在石屏隆重举行，铁路股份有限公司专门为此修建了一座富丽堂皇的庆典牌坊，庆典持续整整3天，人们奔走相告，从四面八方涌来，耍狮子、唱花灯，现场热闹非凡，与滇越铁路通车典礼时，人们的惊恐、沮丧和反抗成为强烈对比。中华传统文化与现代工业文明在此刻完美地结合到了一起，被压抑了多年的民族自豪感也在这一刹那全部宣泄出来。

个碧石铁路营运最兴旺时期，是在抗日战争开始的前后几年。当时个旧锡业兴旺，国内外对大锡这样的战略物资需求量猛增。滇南一带地处战略大后方，时局相对稳定，滇越铁路和个碧石铁路正好承载起战时物资运输的重担。抗战后期，日本切断了海防进入云南的通道，同时狂轰滥炸个旧矿区，大锡出不去，物资进不来，个碧石铁路逐渐萧条。

1970年，铁道部对鸡街至石屏的寸轨铁路进行扩轨改造，当年便与滇越铁路接轨。而鸡街至个旧段因先天不足，未能改造。不过自身运力不足还是导致了寸轨的消亡。1990年个碧石铁路停运，寸轨"小火车"从此告别了历史的舞台。

火烧滇越铁路

芷村的名字很美，让我们似乎看到了一派绿意盎然的景象。不过在碧色寨到芷村一线，这样的景致并不存在，光秃秃的山林与滇越铁路全线的环境并不协调，恰似这幅美丽画卷上的一抹败笔。

费宣老师介绍道："导致这种后果的原因有二，一个是历史原因，一个是现实原因。在1957年的'大炼钢铁'中，上山采矿、伐木炼'钢'成为人们生活的主旋律。为了达到数字上的'成功'，大自然成了牺牲品，而我们面前的这些山当然也没能幸免。第二个原因，就是长久以来村民们的生活习惯，正所谓靠山吃山、靠水吃水，砍烧柴、放养家畜、采石挖山千百年来都是村民们每天生活中的一个部分，不过随着人口剧增，自然环境的承载力显然已经不能满足他们的需求，青山变光山在所难免。"

当队员们讨论着这个话题准备过山洞时，几个人突然从山间窜出，让我们警惕起来，等到他们靠近时，才看清他们身着森林公安的制服，还押解着一个人。据了解，这个人是被捉住的纵火嫌疑人。可能有精神问题。纵火的地点有两处，当他烧第二个地方的时候被巡道工发现了，目前森林公安正准备将其送往蒙自医院进行检查。幸亏发现及时，火势已经扑灭，否则后果难以想象。

费宣老师接着刚才的话题说："还好，现在各地政府都

▲ 黑龙潭站

已经意识到了这个问题，开始植树造林、普及环保理念，不过要彻底恢复这些生态环境，还是要从人的意识出发，我们这趟考察任重道远啊！"

可以旋转的机车头

　　香樟树叶浅浅地铺了一地，踩上去沙沙作响，芷村以前设立过滇越铁路的机务段、工务段，曾是滇越铁路上的一等车站（同期昆明、开远仅为二、三等车站），而在这里，我们算是开了眼界：原来机车调头是靠推的！

　　打开一扇铁门，一个圆形装置吸引了所有队员的眼球，原来这就是传说中的机车调头装置。机车头要调换方向就必须先开到这个圆形装置的转盘上，再由两名工作人员分别从转盘两侧推动，实现机车调头。调头后的机车与装置边的铁

▼ 芷村站

轨衔接，从而开往昆明、河口等方向。这里同时也是机车维修的地方，需要修理的机车同样也是通过调头装置，换向驶入维修线进行修理。

传说芷村车站下面有个地下室，与周边的建筑相通，大约长2千米。近100年，从没有人进去考证过。这么吸引人的地方我们当然不会放过。在站长的带领下，我们沿着楼梯下到了地下室，这里共有两间房子，其中一间小的是当时法国人存放调度设备用的，另一间则是当地面设备遭到袭击或是遇有特殊情况的时候，技术人员的地下掩体和指挥操控室。回到地面，我们为这些建筑设计的全面细致而拍手叫绝。

在芷村街头踱步寻找更多法式建筑时，一栋废旧的法式庭院里，我们发现了一些葡萄藤，当地人管这种葡萄叫做"紫葡萄"。他们也许不知道，这便是法国纯种酿酒葡萄名品——ROSE HONEY（玫瑰蜜）。"玫瑰蜜"在欧洲早已绝迹，却在云南生根发芽，并造就了"云南红"在国内葡萄酒业界的奇迹。

胡志明住过的地方

　　芷村的南溪街有越南街之称，当年这条街上越南人开的商铺林立，有很多咖啡馆、面包厂、照相馆、歌舞厅等。1932年，胡志明坐上火车来到芷村镇，由于这里越南人多，为胡志明领导越南人民进行革命斗争工作提供了极为有利的条件。为了掩饰身份，胡志明选择了南溪街当时最大的赌场阁楼作为自己的办事处及住所，过着非常平民化的生活，平时穿着卡叽布料的衣服，脚着木鞋，时常混在民众中和大家一起打牌聊天以了解情况。为了了解国内的情况，胡志明还有一段时间在餐车上做服务员，用这种特殊的身份去组织开展自己的各项工作。

　　如今，南溪街已经恢复成一条中国式的集镇街道，当年越南人居住的痕迹已经很难再找到，只有38号的胡志明故居还继续为后人讲述着芷村当年的繁荣辉煌。

▲ 落水洞站

▲ 戈姑站

倮姑赶集

　　云南的老百姓无论针头线脑还是锅碗瓢盆都喜欢在集市上去买，今天恰逢倮姑的赶集日，我们也借机凑凑热闹。

　　据村民讲，当年这里的集市很热闹，走路都难，可是列车客运停了后，人就很少了。这里很多做买卖的人都去了其他地方谋生。我们来到一间杂货店，里边商品齐全，从五金到农具，从日用品到副食一应俱全，可称得上是农村中的小超市了。店主王老板说：客运还开通的时候，赶集的时候人山人海，连铁路上都站得满满当当的，简直像插筷子一样。他店里的营业额一天可达4000块，可如今人都没有，生意也冷清许多，每天要达到200块都很难。另一个摊主是当地的一名教师，每逢赶集的时候，她都会做点凉粉米线来卖。原先生意好的时候一个集日可以挣1000多，不过现在100块都挣不到了。

　　吃着她做的凉粉，我看看周边，很多摊位、商铺都没有开。客运停运的影响不言而喻，而倮姑只是滇越铁路沿线众多集市的一个缩影，真希望有朝一日，当我们再来到这里时，能体验一下"插筷子"的感觉。

▲ 倮姑站

血泪人字桥

人字桥气势磅礴，体现了人类心智的高度，同时也饱含劳工血泪。

滇越铁路滇段465千米的路线上，有数百个隧道和数百座桥梁。其中，最艰巨的工程当数屏边段。在这段工程中，基本没有直线路段，过山要打隧道，过河要建桥梁，在短短的67千米工程中就建有78个隧道，47座桥梁。而这段工程中最艰难的莫过于屏边苗族自治县北湾圹乡波渡箐站与倮姑站之间的五家寨人字桥。

人字桥的桥梁学名为"肋式三铰拱钢梁桥"，属双重式结构，下部为三铰人字拱臂钢架组成，拱臂底部分别支撑于两端山腰间的铸钢球形支座上，支座又以在两岸山腰设计高程处嵌入山体的钢筋混凝土预制块作为拱座承台，待顶部合龙后连接于钢枢上。其上托4孔简支上承多腹杆钢桁梁，高2.05米，主桁梁中距2.4米。整个人字桥桥身没有一根支撑的骨架，全用钢板、槽、角钢、铆钉连接而成。桥身横跨于两座山几乎呈90°的悬崖峭壁间。跨度67.15米，宽4.2米，重179.5吨，距谷底102米，因形似汉字的"人"字而得名："人字桥"。

关于人字桥的设计灵感来源，有三个颇为有趣的说法，其一是当时修建屏边五家寨人字桥时，由于两边的悬崖实在太笔直，而且太高，施工方案一再失败，法国工程师就将人字桥施工段情况拍照后，在报纸上刊登出来，寻求解决方案。一位法国女工程师为此绞尽脑汁。有一天，在做衣服的时候，她的剪刀无意间掉到地上，剪刀的两个角正好张开插在地板上，构成了一个汉字的"人"，人字桥的设计方案也由此应运而生；第二个说法是一位参与人字桥设计的女工程师与父亲在谷底苦苦研究建桥方案，冥思苦想都不得其解，父亲累得叉开腿、张开双臂伸懒腰、打哈欠，以便让自己放松一下。在一旁的女儿立刻从中领悟出建桥方案，人形建桥的方案随之产生；第三个说法还是关于一位女工程师的，说是这位女工程师一直冥思苦想建桥方案，一天她在谷底洗衣服时，脚踩在两块石头上，当她抬起头看到两座山峰时，忽然眼前一亮，设计了两个等腰三角形的拱臂插入山间，就如双脚站立在石头上一样，结果方案很快获得了通过。

人字桥的设计师名叫保罗·波登（Paul Bodin），1847年出生于法国卢瓦尔省（曼恩·卢瓦尔省）索米尔市，不过并不像坊间流传的是位女性。1871年，保罗·波登毕业于法国工程技术中央学院，曾在母校任教，后来进入法国巴底纽勒工程公司工作，并主持设计了人字桥，1926年卒于法国巴黎。

说到这里，自然会让人联想到世界上另一座钢结构建筑——法国埃菲尔铁塔。高达300米的人字形埃菲尔铁塔是被称为"世界上最杰出的钢结构建筑大师之一"的著名桥梁专家古斯塔夫·埃菲尔（1832—1923）年近六旬时的伟大作品。而人字桥和埃菲尔铁塔也确实有些渊源：埃菲尔铁塔完成于1889年，人字桥完成于1908年，二者相距仅19年，人字桥的设计者，保罗·波登是埃菲尔的校友、崇拜者和竞争者。在法国征集威敖钢结构铁路高架桥时，保罗·波登就以出色的设计方案胜出，使包括埃菲尔在内的7名竞争者方案落选。我们只要将这两座人字形钢结构建筑稍加对比就不难看出其中有许多异曲同工之妙：二者都是同类的制造工艺和风格，同属于钢架结构工程技术鼎盛时期的作品。这种技术、工艺是当时最先进的建筑手段之一，风靡世界，影响后世，因此历史上也将类似技术叫做"埃菲尔式结构"。所不同的是，保罗·波登以出人意料的、极其大胆的创新手法，在万里之外的深山峡谷里设计了一座惊世骇俗的优美桥梁。这一设计，不仅破解了代表当时世界铁路工程技术最高水平的滇越铁路在建筑工程中遇到的关键难题，也使设计者的名字和他设计的人字桥名传后世。值得一提的是，保罗·波登在中国、法国设计的两座铁路桥都堪称杰作：中国的人字桥2006年被国务院公布为"全国重点文物保护单位"，法国的威敖桥则早就列入"法国历史遗产名录"。正可谓：同一建筑师手笔，两座世界名桥，两国遗产保护，接轨中西文化，传承人类文明。

人字桥的声名远播，但其施工过程知道的人却比较少。人字桥的建设工程于1907年3月10日动工，1908年12月6日竣工，历时21个月。工程所用的所有钢制部件全在法国铸成，运到国内后，由中国劳工一段一段地背上山，因此要求单件材料重量不能超过100千克，长度不超过2.5米。大多单件的长度在1.2米到1.5米之间，可在施工现场组拼铆合而成。但其中仍有两根用来牵引架桥，长355米，总重5050千克的铁链，是靠200名劳工，每人相距3米，排成600米长的队列，用肩膀扛着，如巨龙蜿蜒爬行在崎岖的小路上缓缓而行，历时3天才运到四岔河工地的。

人字桥的施工从开凿河岸峭壁两端的隧道口桥台开始，然后在两端洞口距轨顶面高19.17米的峭壁上，开挖出宽4.4米，高3.8米，深4.0米的施工山洞以安置铰车及滑车系等起重设备。之后又在隧道下方的设计高度构筑钢筋混凝土的拱座承台，并在其上安置铸钢球型支座。前两项准备工作完成后，即开始吊装。第一步在球型铰上垂直吊装三角形钢拱支架，其拱肋的上弦、上风撑临时用锚杆及缆绳稳定在岩壁上，自下而上拼装下弦杆、腹杆、下风撑，并将三角形拱架顶悬挂于与铰车相连的滑车上。第二步进行拱臂钢架合龙。利用两边铰车和拱臂顶部的滑车系等起重设备，随着铰车的徐徐放松，拱臂即随绕支座作半圆弧转动，两只拱臂向峡谷中心缓缓靠拢，待两架拱臂顶部的枢轴孔吻合后即穿入钢枢，并在拱脚底部安装锚固螺栓，两端实现对接。第三步在开凿好的拼装槽内拼装上部简支梁，又将拼装好的简支梁利用铰车、滑车、滑轮等牵引推送。由于场地的限制，每次拼接18米左右即须向前拖拉，经多次循环直至全部就位，最后铺设桥面及轨道。百年来，除桥面的钢轨、枕木更换过以外，其余的连一颗铆钉都没换过，足可见其设计之精巧，施工质量之高。

　　如此复杂的工程虽然说起来简单，然而工程背后的真正的英雄——劳工们的艰辛却无人能知。除运输材料的艰险外，复杂的地质情况也随时威胁着劳工的生命。为了在悬崖上打眼，当时就考虑用绳子拴着劳工的腰悬在半空中，在那里用錾子打洞口。施工时劳工都不敢穿衣服工作，倒不是因为天气热，而是峭壁间的山风特别强劲，衣服勾挂在岩石、树枝上或在烈风的吹拂下极易造成跌落。在铆合桥梁部件时，更是惊险无比，拱臂悬挂于山谷半空中，劳工们从山顶用绳系于腰部凌空垂下，一锤一锤地将桥体部件铆合。如用力过猛，一锤砸空或绳索扭断，人便掉进深渊，绝无生还的可能性。一开始劳工都不愿冒死去干，法国人不得不给出"每打一锤给半块大洋"的最大刺激，让劳工们愿意拿生命做赌注。由于工作强度大，每次不能打很长时间，打上十几二十锤就要将人拉上去休息。有的黑心工头用刀把绳子割断，在劳工摔死之后，找法国人要工钱，据为己有。在人字桥的修建历史上，还记录了几桩惨案：1907年，100名中国劳工前往人字桥工地。悬崖峭壁、岩陡苔滑，又无安全设施，只用绳子系人于半空中凿岩放炮。4月的一天，风雨交加，雷鸣电闪，法国工头不把正在作业的劳工拉上来，

只顾自己逃避躲雨。待雨停后，16名劳工中3人因绳断跌入深谷，13人在大风中与岩石猛烈相撞，血肉模糊；1907年底，法国工头让劳工由便道到工地干活，并将这些劳工的发辫一个连一个地系在一起，让其顺岩边往下走。劳工走得慢，工头一脚将最后一个劳工往岩下踢，其余劳工也一连串地摔死于河谷中。1908年，靠南面的隧道在即将开通之际，突然发生渗水事故，洞内200多劳工无一生还……中国劳工以800人的代价换来了人字桥的竣工，这是世界建筑史上一个骇人听闻的数字，它意味着，平均每修建1米桥身，就要牺牲12个劳工！当年法国报纸也称：中国劳工在人字桥上的施工是"死亡之上的舞蹈"。

　　抗日战争期间，时任云南省政府主席的龙云为了保住人字桥不受日军空袭破坏，在这里布置了重兵，并在人字桥两端的高山顶调配了当时最为先进的13.2毫米高射机枪协助守桥。日军派出数十架飞机多次轰炸人字桥，不过由于桥位于两山峭壁之间，加之山风劲吹、守桥防空部队强大的火力和拼命护卫等原因，日机不敢做低空俯冲轰炸，人字桥也奇迹般地经受住了这些空袭，未伤分毫。

　　关于人字桥的险要，坊间还流传着一个有趣的说法：1942年，川滇铁路线区司令部请了上海师傅为人字桥刷油漆，但只漆了一天，上海师傅就不敢再漆了。临走时只留下一句话：哪个来漆桥那就是寿星老头上吊——找死。可见人字桥之险要。也正因此，人字桥一直保持着建成时的原貌，仅仅在2004年给钢梁上过漆。

　　人字桥自诞生之日起，近百年来一直有部队驻守。过去人字桥不许人看，即便火车经过人字桥的时候，乘客也必须用窗帘蒙起窗户。到现在，参观者还要出示证件才可以近距离感受这座传世名桥。

　　站在这座在世界建筑史上和埃菲尔铁塔、巴拿马运河齐名的三大建筑奇迹、与赵州桥一起被列入《世界名桥史》的人字桥上，我感受到的是人字桥所散发的气势磅礴的壮美。而当我下到谷底时，却品味到人字桥不为人知的浪漫一面：据当地的村民讲，法国人也把人字桥称为女儿桥，因为当初参与人字桥设计的一位法国女工程师，竣工后因人字桥这座巧夺天工的完美之作而不忍离去，后来在桥下以青山蓝天为庐，以山风流水为伴，日夜守望着她心仪的桥，聆听着火车经过时那跨越天际的韵律，终老于此，用余生完成了对人字桥的最高致敬。人们把她的遗物安放在人字桥隧道口上面的施工洞里，以满足她的心愿，让她能永久地守望着人字桥。有人说为纪念这位女工程师，山洞里还曾筑有她的塑像。当人行走在这漆黑的隧道里感到莫名恐惧时，也许会听到一个轻柔、坚定的女音："别怕，有我在。"

桥之魂

冬夜微凉，兴奋异常的我难以入眠，雄伟壮丽的人字桥至美的景象浮现在眼前，而滇越铁路另一座有着传奇经历的白寨大桥，也将揭开她神秘的面纱。

清晨的薄雾并没有影响我的兴致。刚过了一个隧道，白寨大桥就直接跳了出来。纤巧秀丽、端庄稳重的白寨大桥，如同一座拦河大坝雄踞于山谷之中。她是当时条件下铁路桥梁工程技术在人字桥以外的又一体现。

全长近140米，高40米的白寨大桥是滇越铁路上最高的桥梁也是跨度最长的铁桥。当初设计时考虑到交通运输极度不便，因此采用了箱型钣梁设计，由8个钢塔桥墩连接而成。所使用的杆件长度不超过2米，重量不超过100千克，在施工现场拼铆组合架设。不过原本的8个钢塔桥墩在抗日战争中被炸毁了，现在则改用巨石作为桥墩支撑桥面。走在白寨大桥附近的坡地上，虽然当年的弹坑现如今早已杂草丛生，不过还是明显地昭示着这条铁路的沧桑历程：1937年抗日战争爆发，北平、天津、上海、南京、广州、武汉等城市相继沦陷，各沿海主要港口均被日军占领，一切国际援华物资只能通过滇越铁路及后来的滇缅公路运入中国，云南成为抗战的大后方。昆明则成了我国进出口物资的集散地。沿海及内地的学校、企业、工厂、机关大批内迁，滇越铁路一时间成为几十万沦陷区同胞进入云南及西南各省最便捷的通道。自抗日战争打响后，滇越铁路一改夜间不行车的旧习，日夜加开列车抢运抗日物资，此时滇越铁路公司拥有机车

97台，客车207列，货车1049列。虽经常受到日机的袭击，但货运量比通车时增长了3倍。1938年至1939年两年间，滇越铁路的运量达到通车以来的最高峰，1938年货运量达到了376628吨，1939年又猛增至524329吨，为1919年的三倍多；1938年售出客票420万余张，1939年售出454万余张，为通车时的15倍。货运的增量主要为抗战所需的汽油、钢材、水泥、军械、修路机械以及由内地拆迁后运至后方的机械设备，其次还包括部分生活资料。

当时，大量的公私物资涌入越南海防港，码头仓库货物充塞，马路上机器材料堆积如山，有的船只不得卸货，只能停滞江心。滇越铁路作为运输物资的重要通道，投机商贾和不法官吏趁机贿赂、购买运货车皮，大发国难财。迫于形势紧急，蒋介石命宋子良亲赴河内主持工作，规定所有待运物资实行统一调配，军火物资、兵工机器、五金材料优先起运。苏联等国支援我国的战车、战防炮、弹药等军火物资则经滇越铁路直运昆明。1938年，国民政府决定在昆明建立4个兵工厂，建厂所需的1000余部重要机器就是通过滇越铁路运至昆明的，新建的兵工厂得以及时开工，制造出一批批杀敌的枪炮和弹药送往抗日前线。

为保证抗战物资能顺利通畅地运到昆明，国民政府根据《中法会订云南铁路章程》"万一中国遇有战事，该铁路悉听中国调度"之规定，成立了川滇铁路线区司令部，任命原北宁铁路局局长沈昌为少将司令，负责指挥滇越铁路军事运输和铁路抢修工作。川滇铁路线区司令部成立后即通知法国铁路公司昆明分公司负责人巴杜，凡有关军事、物资运输，铁路抢修工作，均应服从司令部安排，否则以违反抗战治罪。

滇越铁路作为国际援华物资的重要交通线，自然被日军视为眼中钉，遂凭借空中优势，对滇越铁路实施狂轰滥炸，企图切断这一国际通道。仅从1939年起至1940年8月，在一年时间里，日军就先后派出飞机625架次，对沿线重要目标如车站、桥梁和隧道等进行轰炸。对此，线区司令部采取了积极的应对措施：一方面呈请上级加强防空力量，另一方面饬令滇越铁路公司将部分设施迁移疏散，并积极组织铁路职工抢修被炸的铁路及设施。

　　1939年2月，日机轰炸芷村车站，造成芷村车站、机务段车房、水塔、线路的严重损坏。

　　1939年4月13日15时35分，蒙自首次遭日机空袭。

　　1940年1月3日，日机又将小龙潭大桥炸毁……

　　白寨大桥当然不能幸免，1940年3月1日，36架日机组成的庞大编队，呼啸着向白寨大桥扑来。而此时此刻，由河口开往昆明的旅客列车正在通过大桥，火车司机开足马力，想冲过大桥进入隧道，防空官兵也向敌机猛烈开火。日机立即散开队形，分别对火车和防空阵地进行轰炸。就在火车即将冲入隧道时，敌机投下的炸弹击中机车，在一片火光之中，血肉横飞，惨不忍睹，当场死伤200多人，其中法国、越南旅客30多人。我防空官兵有3人被炸死、3人重伤，排长王立成移开牺牲士兵遗体，继续向敌机射击，也被炸伤。此次轰炸，我军民付出惨重代价，幸亏白寨大桥仅受轻伤，经及时抢修，当夜即恢复通车。为加强白寨大桥的防空力量，国民政府专门派来了一个高射机关炮连。此后，守桥官兵先后7次打退日机共220架次的突袭轰炸，不过白寨大桥还是没能坚持到抗战结束，在一次轰炸中被炸毁。

　　1940年6月，法国在对德交战中失利，向德国投降并签订了《德法停战协定》。日本帝国主义伺机要求法国当局停止滇越铁路运输，并派人监视封锁中越边境。6月17日，法国傀儡政府元首贝当组阁后，日本封闭滇越铁路的愿望终于在6月20日得以实现。法国当局接受了日寇的要求，禁止抗战物资经滇越铁路运入我国，致使大批抗战急需物资滞留在西贡、海防、河内等地无法运输。滇越铁路封闭后，国民政府外交部于6月21日、24日两次向法国驻华大使馆提出严重抗议，称此举显然违反国际公法、中法条约及国联决议案，且不啻助长日本侵略者，要求法国方面立即恢复运输，并驱逐日方所派监视人员，法国方面对此未予理睬。致使我国滞留的抗日物资，在同年9月日军占领越南时被掳获。此时，日寇气焰更为嚣张，企图伺机延铁路入侵云南。

为防止日军的入侵，1940年9月12日，国民政府军事委员会做出军事部署，命令部队将河口铁路大桥炸毁，同时急电川滇铁路线区司令部将河口至芷村段177千米的路轨拆除（随后延长至碧色寨南端岔道，并间隔性地拆除了部分路段路轨，最后合计拆除250千米左右）。由西南运输处铁路运输组工务科长翁筱舫担任拆轨队长。翁筱舫当即组织有精湛技术的铁路工人成立滇越铁路拆轨队，随后立即开赴河口，开始了艰巨的拆轨工作。

由于那个时候昆明正在修筑滇缅铁路，路基已经完工，部分桥梁建设完成，就缺钢轨铺设。因此，和以往拆轨工作不同，这次拆轨工作不是把拆了的铁轨丢到山沟里，而是必须把全部拆下来的铁轨完整地运回到昆明。拆轨队员既要面临恶劣的自然条件和地理环境所带来的工作困难，又要躲避日机的轰炸袭扰，还要克服许多技术上的难题，工作之艰险不亚于滇越铁路修建的时候。1941年元月，当拆轨工作推进至人字桥时，对是否拆除人字桥有不同意见，翁队长认为拆桥容易建桥难，待日军入侵进一步深入时再炸毁也不迟。经急电请示上级后同意不予拆除。与此同时，卢汉将军的第一集团军在滇越铁路沿线地形险要之处，构筑了4道防线，严阵以待。日军看到滇南到处是崇山峻岭，道路又被彻底破坏，不得不知难而退，将主力转到缅甸方向，改向我滇西进攻。

1943年8月1日，国民政府与投降德国法西斯的法国维希政府断交，将仍留在我国的39名法籍管理和技术人员遣送出境，并由川滇铁路线区司令部组成滇越铁路滇段管理处，接管了滇越铁路滇段的管理工作，结束了法国政府自1903年起对滇越铁路40年的经营管理。滇越铁路滇段管理处成立之后，即对铁路章程以及客货运价作了改革和调整。有资料表明，接管之后的滇越铁路，1944年月平均收入5617万多元，比1943年高出一倍有余，到1945年月平均收入更是超过3.18亿元，几乎达到1943年的六倍。其中，以商货进款最多，政府、军用品进款次之。在客运方面，1943年月平均客票收入605万余元，而1944年每月平均客票收入1349万余元，1945年则超8737万元。在整个抗战期间，尤其是抗战中、后期，滇越铁路成为抗战时期名副其实的国际大动脉。

1945年日本投降后，驻滇南的中国军队由卢汉将军率领，乘坐火车经滇越铁路（通车路段）到河内接受日军投降。这也是当时唯一一支在境外受降的中国军队。就在受降仪式开始前，一件预想不到的事发生了。包括英国、美国、苏联、法国等盟国都要参加。但是当时卢汉将军坚决反对法国参加。卢汉认为法国当局在第二次世界大战中基本上没有交战就早早缴械投降，屈服于德国法西斯的淫威之下（英国至少还打了两个败仗），并且对其封闭滇越铁路，致使抗战物资滞留越南最终为日寇所获之事耿耿于怀，因此坚决反对法国参与受降。后来法国方面对国民政府施压。最终蒋介石妥协，同意法国参与，卢汉将军只得退让，不过条件是不允许悬挂法国国旗。法方看到没有自己的国旗，最终愤然离场。

1946年2月28日，中法两国在重庆会谈，国民政府外交部长王世杰与法国驻华大使梅里霭签订了《关于法国放弃在华治外法权及其有关特权条约》，废止了《滇越铁路章程》。《关于法国放弃在华治外法权及其有关特权条约》中明确指出滇越铁路滇段路权正式收归中国。至此，在法国人经营了43年后，滇越铁路终于重回中国人民手中（另一种说法是法国当局将滇越铁路昆明至河口段交予国民政府，作为抵偿我国抗日物资被日本帝国主义缴获的损失）。

可以毫不夸张地说，正是无数炎黄子孙前仆后继，用鲜血保卫了自己的家园，用生命捍卫了中华的荣誉，我们这个民族才最终击退了外来侵略者。这些无名英雄，就如同白寨大桥一般，就算被摧毁，也会坚强地重新站起来，永远屹立在世界的东方！

▲ 波渡箐站

▲ 湾塘站

鸡蛋串着卖

白鹤桥，这个优美浪漫的名字来源于一个传说，据说当初有人见过白鹤在这座桥上翩翩起舞，因而得名。但我们感受到的却和这个名字大相径庭。当地建盖的黄磷厂不时飘出令人窒息的刺鼻浓烟；铁路沿线垃圾成堆、污水横流。

铁路和公路刚好在这里交会，看得出来是一个新型的农村小镇，但杂乱无章，显然谈不上管理。看来这个小镇要想改变现状，需要当地官员更多努力了。

镇子上不少人正在做生意，看样子今天也是个赶集日。在集市上，我们发现了在大城市难得一觅的云南十八怪之一——"鸡蛋串着卖"，不过这在滇越铁路沿线早都见怪不怪了。可以说，云南"十八怪"是伴随着滇越铁路的通车，由沿线百姓把各地人文风貌总结后形成的。

多少年来，老乡们串卖鸡蛋的习俗从未改变。土鸡蛋以竹篾或麦草贴着蛋壳编成串，既环保，又不易碰坏。可谓最为生态环保的一种包装。

▲ 白寨站

温馨的家

　　位于南溪河河谷地带的腊哈地站在整个滇越铁路上的地位并不像它的名字一样不起眼，相反，这里是一个非常重要的大型中转站，驻站员工多达到120人。因为附近有黄磷厂，所以南来（开远）北上（河口）的机车都要在这里调头、重新编组，而机组人员也要在这里换班休整，所以相比沿途许多站点而言，这里的环境、设施和条件好得多，配备有大型员工食堂、员工卫生所和漂亮的铁路公寓。

　　才听说我们要来，腊哈地车站的邹书记就早早守候在铁道边，一看到我们的身影，就热情地上前迎接我们，并把我们安排住进了铁路公寓。铁路公寓的条件确实不错，有卫生间，可以洗浴，虽然比不上星级酒店，不过一路上走来，我们这些人早已习惯把铁路公寓当成自己温馨的家。

　　晚上杨站长特意来和我们聊天。他介绍说，腊哈地是一个重要的车站，当年法国人修建这个车站的时候，就在这里设置了3组铁道。这里海拔228米，加上是河谷地带，夏天的温度可以高达45℃，没有一丝风能透进来，是滇越铁路上最热的站点之一。河口的海拔76米，不过有些时候河口的气温还没这里高。两个车站相距仅70千米，海拔高差却达到152米，如此大的坡度确实不多见。米轨机车的牵引力仅为1100马力左右，机车功率小，坡度又大，其运载力是很有限的，每个车皮仅能拉32吨，只是准轨机车车皮的一半（准轨为60

吨）。一列机车从河口到这里只能拉270吨货物，从开远拉到这里虽然下坡，也能拉540吨，他半开玩笑地说，他们这里半个月的运量还没准轨大功率机车头一趟的运量，因为准轨的机车头可以挂几十个车厢，一次可以运将近10000吨！所以运营成本确实很高。

滇越铁路穿行在崇山峻岭当中，坡度很大，不少都接近20‰，而现在国家修铁路时设计坡度的标准是每千米高度提升在15米以内，也就是说坡度小于15‰。我们国家机车头装有限速装置，一旦超过40千米/时，机车自动熄火，不过这条路上本身也跑不快，影响不大。由于车速不快，又连通越南，云南十八怪里也就有了"火车没有汽车快，铁路不通国内通国外"之说。

2003年客运停止后，作为对邻邦的支援，国家把许多机车头无偿捐献给了缅甸，还有一些则卖给了越南。越南方面根据滇越铁路越段地势平直的特点，对机车头进行了改进，重新更换了部分装置和零件，这样，国产的机车头很容易就跑到80千米左右，在异国他乡继续牵引着历史的车轮向前迈进。

腊哈地站

再见调头转盘

铁路公寓楼不高，我无意间发现了公寓下面那个再熟悉不过的机车调头大转盘，虽然在芷村就尝试搬动过，不过兴奋的我们还是忍不住再一次亲身体验了一把机车调头的瘾。两个人配合，巨大的转盘很容易地就可以把百十吨的机车头轻巧地转动调头。经过仔细观察我们发现，这个庞大的装置仅仅靠一个平衡轴承就达到了让整个机车调转车头的效果。我们问站长，这个装置是否也是一百年前法国人安装的呢？站长很肯定地回答：是的，现在仍然可以正常使用。

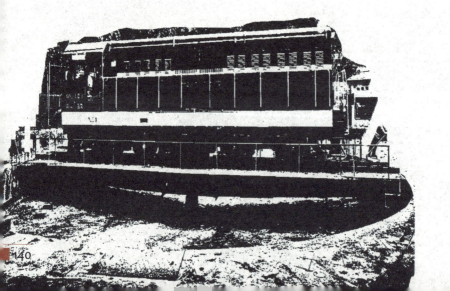

老宅魅影

在搜索这里的法式老建筑时我们发现，原先的法式老房子早已不见踪影，唯一保留下来的一栋在车站上面的小山坡上，是标准的两层法式老房子，看得出来墙体被粉饰过，刷上了米黄色，不过比法国人当年的米黄更靓丽，处在高地上显得尤为突出。这栋房子现在用作机车油料储备库房，油库值班的人员也住在这儿。当我们推开库房大门时，一阵寒风迎面袭来，在这里工作十多年的一位老师傅告诉我们，这里曾是当年修建滇越铁路的法方技师家属的住宅楼。上到阴暗的楼梯拐角处，老师傅冷不丁地告诉我们，这里曾经吊死过一个法国女人……这让我们很惊讶，紧接着这位老师傅指了指我，说，就在你现在站的这个位置。我顿时觉得毛骨悚然，整个身体从头皮凉到了脚跟，联想到刚才进门那阵寒风……一百年过去了，这里的夜晚是否还有女鬼出没？是否会有冤魂在这栋楼里飘荡。如果昨晚我们在这栋楼里住宿，这位百年前的冤魂会不会来

"迎接"我们，或是向我们哭诉一百年前的不幸遭遇？

虽然害怕，不过等出了这栋"鬼屋"我还是好奇地向一位上了年纪的老铁道工询问这个法国女人的死因。老倌儿笑笑说，版本可多了，有的说这个法国女人是为情所困，殉情自杀；有的说是思乡心切，忧郁过度，郁郁而终，还有什么谋财害命之说，可谓千奇百怪。不过想想也是，当初修建滇越铁路的法国技师在这里唯一可以做的就是天天与铁路为伴，而他们的家乡又都在万里之外。身处异国他乡的他们，以及随同他们一起来到这里的家人，回乡变成了一种奢望，那种滋味儿现在的铁路职工最能体会。还好现在的铁路职工上几天班以后就有一次轮休的机会，还可以回家，比起当年那些老技师来说，确实幸福了许多。

云南十九怪

　　海拔降低，且一路南行，大树塘站的气温已然很高了。北方蜷缩在洞里冬眠的蛇，在这里早已爬出洞和我们一样顺着铁路前行了，只不过我们在寻找滇越铁路的老故事，它们则是四处觅食。沿途刷在墙面上的警示标语时刻提醒着我们行走在铁路上危险，可惜小动物们不识字，每年都有不少被飞驰而过的列车压过，身首异处。

▼ 大树塘站

进入河口地界，铁路两侧的植被全部变成了大面积种植的香蕉、甘蔗、木瓜、菠萝，这些东西也是当地主要的经济作物，当地人可以通过这些热带作物，获取不少收入。途中我们询问了一位种植香蕉的蕉农，据他们介绍：一棵香蕉苗买来的时候是1.5元，当年就可以挂果，好的香蕉苗的产量可以到20千克以上，目前这个季节的收购价大概是1.1元每千克。香蕉砍下来以后靠人背马驮，南溪河对面的香蕉则用溜索来运输，一次可以溜过十多串香蕉，这样可以大大节省劳力。我们在云南怒江州见过人用溜索过江，不过却没见过香蕉用溜索过江的，这一次真是长了见识！只是不知道，这是不是云南的第十九怪？

　　运输香蕉的都是二十吨以上的大货车，最远的来自中国北方辽宁、山东等地。富有经验的蕉农，把皮还是翠绿色接近成熟的香蕉砍下来装车，当运到我国北方诸省的时候，香蕉刚刚成熟，等到上市的时候，这些原本绿莹莹的香蕉就变成了黄澄澄、美味可口的餐后水果了，当顾客购买这些香蕉的时候，他们估计不知道这些香蕉来自哪儿，怎么来的。正可谓"谁知手中蕉，只只从何来"。

▲ 老范寨站

▲ 南溪站

光荣的退役

　　行走在滇越铁路上的日子总是那么令人兴奋，不过也总是过得那么快。算算日子，快到元旦了，由于越南人对元旦的重视程度不亚于国人对春节的重视，倘若正好元旦到河口站，那么大假的到来必将影响我们对滇越铁路越段的考察进度。因此我们今天的目标是一定要到达河口站！

　　废弃的蚂蝗堡车站，只留下一些残垣断壁，空荡荡的车站上杳无人烟，几只游荡的流浪狗对我们这些远道而来的"客人"置若罔闻，三两成群地打闹嬉戏，只有一棵巨大的老榕树仍静静地矗立在站台旁边，述说着蚂蝗堡的兴衰和滇越铁路百年故事。

　　距离河口站4千米的山腰站，曾经是一个大型编组站和国际换装站。当年客运还通时，这个站点的级别很高，而且非常繁忙。越南来的机车到了这里要换装我们国内的机车头，机组人员和乘务员也要换成国内的铁路职工。当时站上还有越南局的工作人员，主要负责越南机车的对接、报关等手续。

　　一路下来，队员们早已习惯了在铁路上的行走，并且积累了丰富的铁路行走经验，安全意识也提高了很多，基本掌握了避让机车的技巧。比如，当机车快接近我们的时候，其震动波就会沿着铁轨传递，走在铁道上面的我们就可以明显地感知到，并且可以辨别机车来的方向，然后做出相应的避

▲ 山腰站

让动作。也正因为长时间行走在铁道上，鞋子就遭大罪了。我所穿着的专业徒步登山鞋，相伴我多年，曾随我踏遍七大洲最高峰、到达南北两极、跨越了格陵兰冰盖、穿越了撒哈拉火炉。这次我依旧穿着它踏上了穿越滇越铁路的征程，不过这次活动却令这双久经沙场的专业户外徒步鞋饱受折腾、不堪重负，鞋底已经开始龟裂脱胶，看样子这双鞋子在走完滇越铁路后，就可以光荣退役了，不过我会把它很好地珍藏起来，因为它是我探险经历的见证！

山腰站

河口风云

　　河口，中越边境上的一座小城，因地处清澈的南溪河与浑浊的红河交汇口而得名。透过老河口海关等遗址，这座历史悠久的河谷商埠，仿佛一位老者，向我们诉说着这里曾经的商贸繁华和风起云涌：1895年，河口被辟为商埠。当时，红河航道上每日"大船三百，小船千艘。千帆云集，往来如蚁"。当年修建的河口邮电局是我国现存最早的邮电局之一。河口海关遗址，是一座保存完好的法式建筑，墙上的百叶窗和其所标注的"1897"字样，凸显其异域风格和悠久历史。1910年，滇越铁路建成通车后，云南进出口物资80%经过河口口岸，这里也顺理成章地成为当时中国西南对外商贸最大的集散地。

　　河口位于滇越铁路中段，是中国的南大门。无论从昆明到河内还是从河内到昆明，河口都是必经之地，其地理位置十分重要。1908年，孙中山先生在这里策动了著名的河口起义，河口及周边各族人民久受清政府残酷压榨，纷纷响应，清军亦倒戈归降，一时间革命军声势大振，直逼蒙自等地。不过由于清政府伙同法国殖民当局联手镇压革命军，起义最终失败。河口起义虽然失败了，但其影响却是深远的，为辛亥革命云南起义奠定了良好的群众基础。

　　天色擦黑，滇越铁路滇段最后一个隧道就在我们眼前。穿过这个隧道后，河口县委县政府的相关领导、各路媒体、

▲ 河口站

志愿者和众多滇越铁路爱好者早已等候在车站，并为我们献上了鲜花。美丽的花束代表了他们对我们这次考察活动的赞许和对我们十多天艰苦徒步的问候。

抬头眺望，南溪河那边朦胧中的国度就是考察队的下一站——越南。

跨出国门

　　繁琐的入境手续在办理中，习惯了早起的我们也难得有了些许时间在边境上走走看看。才八点，中越友谊大桥附近集聚了众多的越南边民，他们驱"车"把货物运到中国境内贩卖，其中以水果、小零食最多。所谓 "车"，无非就是三轮和自行车，可别小看这些"车"，稍加改动，加两三根平衡杠，就可以搭载如山的货物，运几百斤东西根本不在话

下，甚至传说技术好的越南人可以用自行车一次驮来一吨货物！可见群众的智慧和创造力确实无处不在。

出发的时间到了，背上行囊，我们即将踏上越南的国土，去延续我们对滇越铁路的百年沧桑的寻访。还没出门，外面的喧闹的传到了耳朵里，估计是提前庆祝新年的。可刚一出门就发现，门口站了许多人。原来河口县委负责人正准备带领我们出席专门为我们举行的欢送仪式。少数民族代表把我们围在人群中，争相与我们合影留念。街道上，伴着锣鼓声，舞狮队伍穿梭于人群中。

欢送仪式上，河口县的相关领导给予我们鼓励和祝福，费宣老师也代表队员表达了全力完成这次人文科考活动的态度和决心。送行的队伍一直陪我们走到中越边境线上，才依依惜别。

老街，你早

　　边境那边越南铁路局方面专程接我们入境的领导早已等候多时，看到我们向边境走来，便迎上前来，热情欢迎我们的到来。其间，越南铁路局老街站的丁文月副站长给我们介绍了滇越铁路越南段的一些情况。他说：越南国内的滇越铁路连通了老街到海防，而海防又是越南的重要港口，因此滇越铁路非常繁忙。以老街为例，这里最少的一天都有10多趟列车经过，而越南铁路周边基本没有像中国铁路那样相对较宽的碎石路供人行走，因此想要在铁路上徒步是比较困难的，加之越南的列车行驶速度比中国的快一倍，所以在铁路上行走也是非常非常危险的。因此他建议我们乘坐滇越铁路列车，寻访沿途站点，完成这次活动。听了丁副站长的一席话，我们感到很遗憾，毕竟在铁路上行走了半个多月，沿途又看到、听到诸多关于滇越铁路的人和事，每天都有不同的收获，每天都有不同的惊喜……如今不能走了，确实很可惜，不过塞翁失马焉知非福，也许我们在列车上，又能感受到不一样的滇越铁路也说不定，而且我打算在条件允许的情况下，偷偷走他一段，这样也算不虚此行。

　　说话间，我们来到了老街站，或许是忙着过节，这里的旅客并不多，丁副站长摘掉了眼镜，认真地在本次活动的旗帜上签下了自己的名字，并盖上了老街火车站的章，这是我们进入越南后的第一个火车站印章，也标志着我们本次滇越铁路越段考察工作的正式开始。

　　趁着列车没来，考察队在老街站附近的街道上转了转。这里的街上几乎看不到一栋高大建筑。越南老百姓会在自己的土地上建盖细长的楼房，并且喜欢把房屋漆成黄墙红瓦，略带一丝法国风格。虽然当年殖民痕迹犹在，不过越南民族特色和当地文化元素仍然充斥了整条街道，与中国大城市的高楼大厦相比，这样的景象给人以贫穷落后的感觉，不过我却更欣赏这样具有特色的矮房，而非那冷冰冰的钢筋混凝土高楼大厦。

▲ 老街火车站

滇越寻根

滇越铁路犹如一幅历史长卷，拉开了一个世纪的沧桑历程。

老街市是越南老街省的首府，也是全省的政治、经济、文化中心，类似于云南的省会昆明，同时这里还是越南通往中国大西南的重要门户和通商口岸。

老街省自然资源丰富，甘塘磷矿更是亚洲第一，黄连山和象山至今尚是茫茫原始森林，境内最著名莫过于避暑胜地——沙坝（Sa Pa）。沙坝曾是工程技术及管理人员疗养度假的基地，现已成为越南最著名的旅游胜地之一。一到炎热的夏季，沙坝便成为国内外游客消暑的天堂。

中越军民在19世纪70至80年代，曾共同抗法，而老街则是当时一个重要的抗法根据地。顺着向导的指引，我的目光投向了远方为奉祀"黑旗军"著名将领刘永福而兴建的刘公庙，思绪似乎离开了身体，开始了对滇越铁路之源的找寻……

18世纪上半叶，著名的思想启蒙运动以不可阻挡之势深入人心。孟德斯鸠、伏尔泰、卢梭、狄德罗等杰出的思想家和哲学家抨击和动摇了封建专制制度的根基，资产阶级革命在所难免。

1787年，法国在印度支那传教的百多禄大主教在给法国国王路易十六的奏议中提出：占据越南，并以越南为基地开辟一条通向中国中部的通道。而那时，资本主义在法国部分地区已相当发达，出现了许多资本主义性质的手工工厂，个别企业雇佣数千名工人并拥有先进设备。资产阶级已成为经济上最富有的阶级，但在政治上仍处于无权地位。农村绝大部分地区保留着封建土地所有制，并实行严格的封建等级制度。处于第三等级的资产阶级与以波旁王朝国王路易十六为代表的特权阶级矛盾日益加剧，最终导致法国大革命爆发。

这次革命摧毁了法国的封建专制制度，动摇了欧洲大陆的封建阶级统治，建立起资产阶级的政治制度，促进了资本主义经济的发展，传播了资本主义自由民主的进步思想，生产力得到空前解放的欧洲各国也借此积累了大量财富。

与此同时，工业革命所带来的变化让劳动生产取得了重大飞跃。1825年英国人乔治·斯蒂芬森制造的"运动号"（亦称"旅行者号"）蒸汽机车在世界第一条公用商业铁路上行驶，宣告了铁路运输的诞生。

从19世纪中叶开始，西方列强将殖民扩张和资源掠夺的手伸向了全世界。

1831年英属印度军队上尉斯普莱参加第一次英缅战争后，首先提出了在云南修建铁路的设想。

1871年，一个叫让·底比斯的法国商人从昆明出发，步行到达越南安沛，他发现了把云南同印度支那联结起来的道路。

1883年茹费理出任法国总理，上台宣称："想在非洲，在蕴藏着无限资源的亚洲，特别是在广大无边的中华帝国内，竭力地摄取自己的一份。自然必须首先征服那个巨大的中华帝国，……而我们就必须站在那个富庶区域的通路之上。"他所说的通路正是从越南经云南进入中国腹地的通路。是年法国发动了第三次法越战争，强迫越南签订了《顺化条约》，将越南变为法国的保护国。并以越南为跳板，入侵中国云南，挑起了中法战争。但是与以往不同的是，法国在这次战争中并没有直接得到什么好处，清朝驻越军队、赴越滇军、桂军和著名的黑旗军在谅山、宣光、临洮、镇南关等重大战役中重创法军。当时的法国茹费理内阁因法军连连溃败，于1885年3月31日被迫下台。然而，虽然清军在中法战争中取得了胜利，但前线官兵们浴血奋战拼死换来的胜利并没有给这个统治中国200余年的封建王朝带来丝毫欣喜，因为这只是一次回光返照。病入膏肓的大清朝此时已经再也经不起一丁点儿风雨，深知底细的总理大臣李鸿章，坚持见好就收，力排众议，提出了"趁胜求和"的主张（还有一种说法是当时通讯不便，即便从云南、广西用六百里加急把战况呈报到京师，也需要3～5天，因此李鸿章并不知道清军获得了战争的胜利，所以才急于求和。之后得知获胜，便在全国设立电报局以求亡羊补牢）。法国当局抓住清政府惧战求和的心理，于6月9日在天津与清政府签订了《中法会订越南条约》，该条款承认了法国在越南的殖民统治并同意在滇、桂两省开埠通商、设立领事，并答应清政府在将来建造铁路时，与法国从事铁路建设的人员商办。中法战争以"中国不败而败，法国不胜而胜"结束。

1894年清政府在中日甲午战争中失败后，被迫签订了空前丧权辱国的《马关条约》，割让了台湾和辽东半岛给日本。俄、德、法三国出于各自利益，迫使日本放弃辽东半岛。随后，法国即以"出力调处，大有益于中国"为名，在

▲ 越南老街站

1895年中法《续议商务专条附章》中进一步规定：越南之铁路，"可由两国酌商妥定办法，接至中国界内"。

从1897年开始，法国当局在未获取建筑铁路权的情况下，由法属印度支那总督杜梅以考察云南地理为名，多次派人偷测红河到蒙自的路线。同时，法国外交部也派人组成两支考察团，分别对越南老街至蒙自再到昆明的线路及地质、矿产进行勘察，并绘制了线路平面图和纵面图。法国人勘测线路的行为，引起了沿途百姓强烈反对。其中，蒙自大屯杨家寨的杨自元邀集锡矿工人及附近村民数千人，夜袭蒙自境内目标地，火烧洋关税司，迫使法国勘测铁路的人员撤回越南。之后云南人民阻洋修路的事时常发生。

1898年3月13日，法国驻京公使吕班向清廷递交照会，要求获取修筑云南铁路特权。照会第三条称："允许法国从越南修筑铁路至中国昆明。"软弱无能的清政府屈服于法国的压力，于4月10日互换同文照会，承认法国在云南的筑路权，又由法国草拟了《中法滇越铁路章程》共34条。

虽然中法两国还没有正式签订修建滇越铁路的协约，但是1901年6月15日，法属印支总督杜梅已经与法国东方汇理银行、巴黎伊士公特银行、推广法国工商银行、工总银行等签订了《海防云南府铁路合同》，将修建滇越铁路滇段的修路权转让给这些财团。同年8月10日，滇越铁路法国公司在巴黎成立，云南蒙自设办事处（1931年迁开远，1937年驻昆明，1943年撤销）。该公司的成立，加快了滇越铁路勘测、选线和设计的步伐。在线路比选时法方倾向于从昆明经玉溪、通海、建水、蒙自、屏边到河口的西线，然而当地百姓强烈反抗，多次发生针对外方工作人员的伤害事件，法方被迫选择了昆明经宜良、盘溪、开远、芷村到河口的荒无人烟的东线。

尽管遭到云南人民的强烈反对，清政府还是于1903年10月29日派总理外务部庆亲王奕劻与法国驻华公使吕班正式签订了《滇越铁路章程》。与之前草拟的章程相比较，最终签订的章程规定：清政府允许法国从云南河口修筑铁路至昆明；干线完成后，可展筑支线；铁路用地属官地者，由清政府无偿划拨；属民地者，由清政府购拨。同时，章程第六条还约定："中国政府于八十年期满时，以法国铁路公司历年账目为凭据，若能抵偿铁路投资、股本利息，方可收回路权。"就此，滇越铁路犹如一幅历史长卷，拉开了一个世纪的沧桑历程。

　　原本打算到越南后偷偷走一段铁路线，可是从老街乘列车到安沛的一路上，才发现这个想法真的有些异想天开。越南的铁路不像国内，道旁有碎石小路供人行走，而且越南的铁路繁忙，正如老街站的丁副站长所说，比较危险，看来只能在列车上完成这段考察工作了。

　　与滇段相比，越段滇越铁路确实平直许多，快到安沛的时候就再也没有隧道。一路上铁路沿着山区前行，古老的

▲ 早上从老街站坐车去安沛

红河陪伴着这条百年铁路，若隐若现，一直到越南首都河内。从老街到安沛的路上，138千米的路程走了6个多小时，除去路上停车的时间，时速大概也就30千米吧，速度并不算快。车厢比较简陋，座位有木质的硬座，也有海绵软座。车顶上的照明灯和老式风扇间次排开。

中午时分，列车上开始送饭，一般乘客只吃一个简单的饭盒，甚至有的乘客自带长条形的越南面包解决午餐问题。列车长知道我们是考察滇越铁路的考察团，专门邀请我们到餐车上吃了一顿VIP级别的午饭。越南主要吃的是米粉，同云南的饮食习惯类似，所以我们也都比较适应。据列车长介绍，这些车厢连同机车头一起，都是20世纪60年代援越抗美时期中国政府捐赠的。他对中国的铁路现状比较感兴趣，好奇地问我们：两国的列车是否一样？面对这样一位热情好客的列车长，出于礼貌，我们谦逊地说：差不多。

其实经过改革开放的中国，经济迅猛发展，国内早已不使用这样的机车和车厢了，取而代之的是电气化的列车。如中国正在修建的京沪高速铁路，采用动车组，速度目标值高达350千米/时，这与当年中国铁路时速48千米的年代不可同日而语。

安沛往事

　　我们的考察活动是经过越南方面严格审批的，加之此前越南驻昆领事阮洪海先生做了大量细致周到的协调工作，所以这次考察得到了越南铁道部的高度重视，因此每到一站都有相关人员来接待我们，同时介绍当地铁路情况。从中越边境线上的迎接开始，再到从老街乘火车出发，我们一路都在感受着越南方面对这次活动的重视和对我们的热情。

▲ 越南安沛火车站 Ga Yen Bai

不出所料，到了安沛站，盛大的欢迎仪式正等着我们。越南的铁路管理体系与中国相近似，在蒙蒙细雨中迎接我们的有安沛站站长、副站长、站上政协的领导、计生委员会的主任、工会主席等十余位领导。一路上他们非常认真、细致地为我们介绍越南滇越铁路的历史、现状：由于相较汽车而言，列车票价相对便宜，所以目前越南人民的出行主要还是靠铁路。全越南的铁路有3000多千米，南北纵向就占1600多千米。现在从老街至河内、从河内到胡志明市都已经开通了高规格的软卧快车，这些列车50%以上的乘客都来自国外游客，游客们对这种旅行方式也比较喜爱。随着越南的革新开放（与中国的改革开放相同）的深入，如今越南的旅游业也在蓬勃地发展，旅游业同时带动了当地餐饮业等第三产业的发展。原来没有的宾馆饭店也如雨后春笋般拔地而起，现

在越南人都希望世界各地的游客到越南旅游、度假、消费，对外国人很友善。

　　安沛站是滇越铁路越南段一个重要的枢纽车站，同时也是公路、铁路中转枢纽车站，每天都有800～1000趟列车通过，十分繁忙。安沛车站是1902年建成的，比中国滇越铁路建成得早，照越南铁路部门工作人员的说法：有了越南的滇越铁路，才有了中国的滇越铁路，因为当初很多物资是通过海防经河内、安沛、老街转运到中国境内的。

　　20世纪60年代越美战争期间，美军占领了越南南部大片国土，对未占领的越南北部则采取B52重型轰炸机轮番狂轰滥炸的军事手段，安沛作为当时重要的铁路交通枢纽首当其冲，这里许多设施都是炸毁后重新修建的。在那个战火纷飞的年代，中国的援越物资也都是通过滇越铁路运送到安沛

中转，再输送到越南各地的。越美战争以越南的胜利告终，许多越南人说起滇越铁路的历史时，都不忘讲讲这段历史，看得出在他们心目中，这段历史是光荣伟大的。

中越两国的铁路管理也都沿袭了法国人的管理模式，也正因如此，从服装到运营模式上，越南的铁路管理模式几乎和中国一样。在安沛站，我们看到，许多中国六七十年代制造和捐赠的铁路设施还在使用，其中包括那久违了的路签，让我们感到一丝特殊的亲切。毕竟古老的路签在铁路发展史上占有重要的一席之地，虽然仅靠人工作业，不过路签这种类似于电路钥匙的装置，却是非常有效的铁路安全工具。随着中国经济的腾飞，大多数铁路都不再使用路签，这种东西已经慢慢退出了中国铁路发展的舞台，取而代之的是更先进，更现代化的信息化控制系统。

穿过铁路时，我们发现，越南人的智慧不仅仅体现在管理好这条百年铁路上，而且他们还运用了把米轨与现代准轨完美结合的方法——套轨！即在米轨（1000毫米）外面再加一条轨道，使得最外面的两条铁轨的宽度刚好等于一条准轨宽度（1435毫米）。这样既节省了材料，又能米轨、准轨同时使用。

驶入河内

　　踏上开往河内的YB2号列车。我们即将离开安沛。身着越南传统盛装的礼仪小姐为我们献上美丽的花束，并用越南民间独有的方式祝福我们这次考察活动圆满成功。站台上越南铁路局的相关领导向我们挥手送别，这让所有队员内心都十分感动。

　　整个越段考察，我们选择乘坐的都是慢车，沿途小站基本都会停三两分钟，而我们则可以利用这短暂的时间搜寻当年的法式老建筑。不过一路行来，我们已经很难再寻觅到当

▲ 越南河内火车站 Ga Ha Noi

年法国人修建的房屋。虽然众多的越南火车站依旧披着法国黄的外套，但早已失去了当年那些法式建筑的风韵，只有那些米黄色墙体上的越南拼音文字，还留有一丝当年的痕迹。也许，滇越铁路沿线的法式老建筑，只有不经意间，才能发现他们孤独的身影。

　　红河岸边的嘉琳站是安沛站和河内站之间一个重要的站点。嘉琳站离河内大概也就是5千米的样子，类似于北京东站和北京站的关系。在这里，我们看到了从南宁开来的祖国的列车，车身上的国徽让每一位考察队员倍感自豪，因为在我们这支队伍身后，有一个强大的祖国和14亿人民在支持着我们！

不一会儿，越南铁路局方面的领导驱车把我们从嘉琳站接到了河内，具有千年历史的河内终于揭开了它神秘的面纱。

河内原称大罗，曾为越南李、陈、后黎诸封建王朝的京城，被誉为"千年文物之地"。早在7世纪初，这里就开始构筑城池，时称紫城。1010年李朝创建者李公蕴（即李太祖）从华闾迁都至此，定名升龙。随着城垣的加固和扩大，在10世纪以前，曾先后改称宋平、罗城、大罗城。河内具有都城规模始自11世纪的李朝，当时升龙已是物产丰饶、交通发达的地区，在此以前的所筑之城均属军事性质的城堡。河内分为内城（市区）和外城（郊区），内城历史为紫禁城、

皇城和京城所在地。禁城是皇帝、后妃及其子孙、待从的住地。皇城在禁城之外，为皇帝和朝臣办公场所。京城环绕皇城，是街坊、集市、居民区。李、陈朝时的61条街坊，黎、阮朝时的36条街坊，都集中在这里。随着历史的变迁，升龙又先后称为中京、东都、东关、东京、北城。直到阮朝明命十二年（1831）才因城市被环抱在珥河（红河）大堤之内，最终定名河内，并沿用至今。1945年，河内正式成为越南民主共和国的首都。

河内车站现在是越南首都车站，1902年建成。现在在河内，很多新建的铁路都是准轨，这样是为了能更好地与国际接轨，而且国际标准的机车头、车厢都不需要改动就能使用，运力也大大加强了。

车站在原来的位置加盖了相配套的车站设施，整个建筑高大气派，但怎么看都与原来的法式建筑极不协调，难以融入当年的法式建筑群。

听说河内站也有机车调头转盘，我们立刻迫不及待地让工作人员带我们去看，也让我们这些人再试试身手，可这个在国内我们再熟悉不过的东西，到了越南却有些不同，国内的机车调头装置两个人就可以轻松转动近一百吨的机车头，而在越南，虽然还是沿用过去法国人的机车转盘，但是在转盘下面多出了一个电动转动滑轮组，这样一按电门，就可以自动完成机车转头工作。

步入河内车站，让我们颇感吃惊的是，这里的乘客寥寥无几、屈指可数。在国内就算是像昆明这样级别的车站每天也都是人头攒动，人山人海。过节前更是集聚上万乘客，挤攘不开。也许越南国内户籍管理制度严格，流动人口不像中国那样多，加之正在过节的缘故吧，铁路客运并不繁忙。

屋顶上的老式吊扇在国内我们已经看到过，一次是在波渡箐站，一次是在老范寨站。经河内站上的工作人员介绍，这是1929年生产的，用了80年。打开电源开关，凉风徐徐吹起。大到机车调头轴承、钢枕，小到风扇、密码箱，"质量是可以经得住时间考验"这句话在滇越铁路上已经体现得淋漓尽致了！

机车轶事

原想河内可能有我们沿途一直打听的老式蒸汽机车车头的下落，不过越南方面的工作人员给我们的回答让我们颇感遗憾——自从他们工作以来就没见过。想想当年滇越铁路上那些叱咤风云的各国制机车头，今夕消失得无影无踪，确实是一种遗憾。

当年飞驰在滇越铁路上的列车有：法国制造的JF511型蒸汽机车；英国制造的GD51型活节式蒸汽机车；日本川崎工厂1897年制造的KD55型蒸汽机车，直到20世纪60年代，都是滇越铁路的主力型蒸汽机车。而他们当中的佼佼者非法国米西林机车莫属。

1932年从法国运来的法制米西林小型豪华旅行客车就已采用铝合金来做车厢壳体，车型为鲸状流线型，长20米，分主车与挂车，机车以飞机引擎为发动机，功率117.6千瓦，大大超过蒸汽发动机。与别的机车最大的不同点是它的车轮不是钢制，而是充气胶轮，用胶轮的好处在于可以起到很好的消音和减震作用。由于它采用的是法国米西林（现也译作"米其林"）橡胶厂生产的胶轮，所以世人遂以米西林称之。机车转动轴上安有气压表，与驾驶台示警器联通，当轮胎气压降至500帕时，示警器响铃示警，空气系统即自动充气，向轮胎供给规定的600帕气压，如自动系统发生故障时，也可用人工系统充气。

米西林机车属于"贵族列车"，车上除软席座位外，西餐厅、酒吧、厨房、洗脸间、卫生间等服务配套设备也应有尽有，列车服务员据说也是法国美女。当时，达官贵人、名媛淑女，以盛装乘米西林旅行为时髦。

1935年，蒋介石倡议修建滇缅铁路，曾准备到滇越铁路视察，后因临时有事未能成行，只有夫人宋美龄去了一趟开远，乘坐的就是米西林机车。机车的舒适程度和快捷如风的速度，让见多识广的宋美龄大为惊叹，她万万没有想到，在云南的大山峡谷中，竟然还有那么一趟优异的列车。

米西林机车最大的特点当然是快。即使在曲线半径为300米的弯道上，它的速度也可达到100千米/时！1936年2月29日米西林机车首次营运。开幕典礼邀请了40余位外国领事及国民政府官员，先乘汽车花27分钟到呈贡，再换乘米西林机车，仅用13分半钟就回到昆明，显示了领先的速度。当时乘米西林机车从昆明去越南海防港，只需一天时间。

在中国大江南北蒸汽机车奔驰的年代，我们向往内燃机车，并很"无

情"地淘汰了蒸汽机车，当只能在博物馆看到这些蒸汽机车时，我们才觉得它让人难以忘怀，也许只有当这些东西消失的时候，我们才会怀念它。这正如我们众多的古建筑群一样，当我们生活在一个古城的时候，我们不会珍惜它，只有到高楼林立、仅存一两栋老建筑时，我们才会呼吁保护这些古建筑。

轨百
秘年

终点站 海防

　　从河内上车，经过大大小小共40余个车站，我们到达了海防。这里是滇越铁路的起点，也是我们此行的终点。越南铁路的历史和中国相近，约有130年，其第一条铁路线建于1881年，是从西贡至美托的，总长71千米。而海防的车站则是法国人于1902年建成的，之后几乎所有修建滇越铁路的设备、材料也都是从海上由货轮运来；经海防又转运到铁路修建工地的。所以当地人也自豪地说：先有海防，后有滇

▲ 海防车站

越铁路!

海防市是越南四个中央直辖市之一，为越南北方第二大城市和最大海港，同时还是仅次于胡志明市和首都河内的全国第三大城市，是首都河内的海上门户。一百多年前，海防还只是一个居住着数十户人家的小渔村。1870年，阮氏王朝在这里修建码头、设立商馆、建立兵站，执行海边防务，后人遂简称为"海防市"，其地名也由此而来。作为重要的工业城市，海防有机械制造、造船、水泥、化学、食品、塑料等工业。手工业也较为发达，丝织、蒲草编织驰名国内外。沿海鱼虾资源丰富，为海产品加工中心之一。同时海防也是夏季的避暑胜地之一。东面的下龙湾地区，有海上桂林之称。

如同许多重要城市一样，在越美战争中，海防整个城市都饱受战火煎熬，最早的海防候车室也被美军飞机炸塌了一半，我们现在看到的海防车站是越美战争后，越南人按照法国人最初的设计风格和布局重新修复的，如果不是车站的工作人员介绍，从外表上看，几乎看不出这座车站身上曾经的伤痕。

下午，陈文南站长专门带我们参观了海防站，并为我们介绍了海防站的现状。这里每天有6趟列车发往河内，其中2趟客车，4趟货车。102千米的路程，大概要行驶2个小时左右，每天的客流量在1000人左右。

一百年前修建的车站虽然略显老旧，不过功能还是比较完善的。青石地板经过一个世纪的踩踏，早已被磨得光滑异常，能容纳百余人的候车室不算大，但却不拥挤，车上的乘客也不算太多，和中国春运时满车旅客的情形形成了鲜明的对比。随着越南社会经济的发展和公路交通现代化，虽然比火车票贵，但越来越多从海防去河内的人已经开始选择更为方便快捷的城际公交车作为出行交通工具。

在越南这段时间，也没机会出来看看越南的夜景。晚间，队员们得空来到街上，享受了一次越南民间晚餐，作为对本次活动顺利完成的奖励。

▲ 海防车站

滇越铁路议纷纷

坐在回家的列车上，望着身后逐渐消失的铁道枕木，看着两旁远去的山川河流，我憧憬着这条铁路的未来，我也坚信滇越铁路在新的百年里，会为世人展现新的形象，这只涅槃凤凰也必将浴火重生。

考察活动顺利结束，我们也踏上了回国的列车。与来时不同，我们选择了越南的旅游专列回老街，为在国内开通滇越铁路旅游列车做些前期考察工作。

专列上豪华的内设与之前的普通慢车内设确实有着天壤之别：豪华的酒吧、极具民族特色的车厢装饰都令我们颇感吃惊。从纯旅游的角度来讲，这样的旅游专列确实能够让旅行者得到身心的双重享受。

越南的革新开放紧跟在我们中国改革开放之后，速度之快超乎了我们的想象。以铁路改革为例，越南的铁路已经开始了股份制，打破了传统的国有概念。我们所乘坐的专列，就同时有5家公司参与运营，每家公司的车厢以颜色作为区分标志，票价也各有高低。

今天的云南已经不仅仅是我国的西南门户，更是中国与东南亚国家经济、文化联系沟通的纽带、桥头堡。滇越铁路曾经给云南带来了中国第一座水电站，滇越铁路也曾经让昆明一跃而成为抗战时期的中国的商贸中心之一。我个人认为，滇越铁路给云南带来的最深远影响还在于打破了这里的闭塞，给我们带来了新的信息、新的思想，以及敢为天下先的创新精神。而这正是这个时代所需要的。当今社会的发展变化一日千里，固步自封就等于落后，落后就意味着挨打，只有以海纳百川的博大胸怀，与时俱进，紧跟世界潮流，把握世界脉搏，方能时刻以新的面孔、新的姿态展现于世界面前，昂然屹立于世界民族之林。

坐在回家的列车上，望着身后逐渐消失的铁道枕木，看着两旁远去的山川河流，我憧憬着这条铁路的未来，我也坚信滇越铁路在新的百年里，会为世人展现新的形象，这只涅槃凤凰也必将浴火重生。